もふもふと楽しむ無人島
のんびり開拓ライフ 3
~VRMMOでぼっちを満喫するはずが、全プレイヤーに注目されているみたいです~
著 紀美野ねこ illust. 福きつね

ショウ（伊勢翔太）
「あとは塩を少々足して、水を入れて蓋をしてしばし」
ルピ
「ワフ！」

ミオン（出雲澪）
「アクアパッツァ!? 美味しそうです！」

CONTENTS

MOFUMOFU TO
TANOSHIMU MUJINTO NONBIRI
KAITAKU LIFE

もふもふと楽しむ無人島のんびり開拓ライフ

～VRMMOでぼっちを満喫するはずが、全プレイヤーに注目されているみたいです～

3

著 紀美野ねこ

illust. 福きつね

MOFUMOFU TO
TANOSHIMU MUJINTO NONBIRI
KAITAKU LIFE

プロローグ

「ごちそうさまでした！」

連休初日の昼ご飯は、豚こまと野菜たっぷりのソース焼きそば。

美姫《みき》はニンジンを薄切りにしてやらないと食べないのがめんどくさい。

「お粗末様。それより美姫、真白《ましろ》姉はいつ帰ってくるとか連絡あったか？」

「いや、そういう話は全くないのう」

そう言って、リンゴジュースをぷはっと飲み干す。

うーん、飯の準備とかもあるんだし、いつ帰ってくるかは連絡して欲しいんだけど。

「ひょっとして帰ってくるつもりがないとか？」

「それもわからぬ。そもそも、姉上が予定通りに行動するわけがなかろう」

いや、そうだけど……。あ、しまった！

「美姫。来週の水曜って空いてるか？」

「特に予定はないのう。同級生らは皆、予備校の講習で遊ぶ相手も兄上しかおらん」

「ああ、普通はそうだよな。いや、それならちょうどよかった。俺、ミオンの家に呼ばれてるから、一緒に来て欲しいんだけど」

その言葉に目を丸くする美姫。

そこまで驚いてるところを見るのは、随分久しぶりな気がするんだけど……

「ついに『お嬢さんをください』と言いに行くのか!?」

「違うわっ！」

そう返すとケタケタと笑い出す。

「遊びに行くというのであれば、当然、我もついてゆくぞ！」

「そういうことだよ。ちょっと部活についての説明はしなきゃなんだけどな」

部活＝バイトみたいな状況のせいで、ミオンの母親に会わないといけないことも伝えておく。

後からばれると面倒なことになりそうだし。

「ほほう。では、我が保護者として付き合おうではないか」

そう言ってニヤニヤし始める美姫だが、ここで反論しても言い負かされるのがオチだ。こういう時は話題を変えるに限る。

「そういや、昨日のライブはずっと街歩きだったのか？」

「うむ。街歩きをしつつ、今足りてない分野をアピールするのが狙いよの」

俺も美姫もハマっているフルダイブ型ＶＲＭＭＯＲＰＧ『Iris《アイリス》 Revolution《レヴォリューション》 Online《オンライン》』、通称ＩＲＯ。

現在、本土のプレイヤー全員を巻き込んだワールドクエスト【生存圏の拡大】が進行中で、美姫だけでなく、電脳部のベル部長、親友のナットやいいんちょも、開拓地で頑張っている。

まあ、誰もいない無人島からスタートした俺には全く関係ない話なんだけど、そこはやっぱり気になるというか、うまくいくといいなと。

「なんとなくわかったけど、足りてない分野なんてあるのか？」

「人手が足らん程度なら良《よ》いのだがな。実は土木スキルを持つプレイヤーもＮＰＣも見つけられておらんのだ」

「ん？　土木スキル？　ってか、そもそも土木スキルってどういうものなんだ？」

「そんなことを言うと母上に怒られるぞ？　母上が行っておるのは、まさに土木であろうに」

「え？　母さんがやってるのは設計だろ？」

「勘違いしておるようだが、母上の設計というのは紙の上に線を引く方ではないぞ？　その地域一帯の開発計画という意味での設計の方だ」

「え、それって都市設計ってこと？　ああ、滅多に帰ってこられないのはそのせいか……」

親がどんな仕事してるのかを勘違いしてたとかめっちゃ恥ずかしい。

「まあまあ、落ち込むことではないぞ。姉上も同じ誤解をしたままゆえな」

そう言って笑う美姫。真白姉も大学生なのに誤解したままなのか……

「いや待て。俺が誤解してたのって、真白姉に『なんか家の設計図とか書く人なんだろ？』って言われたからなんだが」

「そうよの。我もそれを聞いて『その程度で赴任が長く続くわけもなかろう』と思って父上に聞いたゆえな」

くっ、俺の妹なのに頭良すぎる……。いや、今はそういう話じゃなかった。

「まあ、それは俺がアホだからでいいよ。けど、土木ってなんだ？　いや、『土木工事』ぐらいはわかるけど」

「大まかにいうと生活インフラ全般よの。建築というと建物になるが、土木はそれ以外の全てになるのう」

「生活インフラってことは、要は道とか橋とかトンネルとかを造る技術……スキルだよな？　大工取ってる人とかが持ってるんじゃないのか？」

「それが何か前提があるらしく取れぬ状態でな」

「マジか……」

前提が必要なのは一部のアンコモンかレア……

しかし、土木なんて普通そうなスキルがなんでコモンスキルじゃないんだ？

「取れないのに心当たりがあるんだよな？」

「ふむ。現時点では推測に過ぎんがな」

美姫がそう前置いた上で話してくれたのは、あのＩＲＯの世界のスキル分類は、名前だけでなく意味もちゃんと含んでいるという話。

「コモンスキルとは意味通りなら『一般的な技術』であろう。つまり、誰もが知っておる技術ということだな。ゆえに誰でも覚えられる。

その次がアンコモンなわけだが『珍しい』もしくは『素晴らしい』という意味。

さらに上がレア。アンコモンより上で『希少』もしくは『最高の』という意味になろう」

「つまり、アンコやレアはあの世界でも珍しい、希少な技術だってことか」

「うむ。あの世界の一般人は知らぬ技術、つまり、スキルであろう。稀《まれ》に知っておる特殊なＮＰＣ

もおったりするがの」

ガチャゲーによくある排出率だけの『コモン』『アンコモン』『レア』って名前じゃないと。

「そこまで推測してるってことは、ある程度の根拠はあるんだろ？」

「うむ。我が習得しておるアンコモンスキル【貴族作法】は、アミエラ子爵《ししゃく》殿から紹介いただいた先生に教わったゆえな」

「お前、何してんだよ……」

思わずテーブルに突っ伏す俺に、得意げな顔をしているであろう美姫が笑う。

キャラレベルが10になった時のBP20のうち、4はその貴族作法のSPとして使ったらしい。

なんでも、子爵の娘さん、エミリー嬢の警護のためにもということで打診があったそうだ。

「その理屈で行くと、土木について詳しいNPCがいるかもってことか？」

「そのあたりはさっぱり見当もつかぬ」

「ふーん。でも、土木スキルがないのに道やら橋やらはちゃんとあるよな？」

少なくとも俺が美姫のライブで見た王都の道は、綺麗《きれい》な石畳が敷かれていた。

橋だってPVとかに映ってた気がするし、土木工事は普通にやってると思ったんだけど。

「それらも古代文明の頃からあったものを補修して使い続けておるらしい。

まあ、道やら橋やらは見よう見まねでなんとかなるが、地下下水道などはロストテクノロジーと化しておるようでの。

王都では古くからあるものを使えておるが、新しい村などでは側溝を掘る程度しかないのだ」

うーん、それなら確かに土木スキルがアンコとかレアでも不思議ではないか……

「しかし、前提ってなんだろうな？　思い当たるスキルとかあるのか？」

「土壁や石壁という存在がある元素魔法。土の精霊を使役できる精霊魔法。もしくはその両方といったところかのう……」

「土の精霊を使役できるエルフが元素魔法とれば満たせてそうだけど……」

ってか、それは俺が土の精霊を使役できるようになればって話でもあるんだよな。

「兄上がやらかしてくれても良いのだぞ？　無論、その時はライブで！」

「いやいやいや。俺とミオンはもうちょっとこう、のんびりな感じのチャンネルを目指してるんだってば……」

無人島スタートした俺と、そのゲームプレイを実況配信するミオン。

電脳部の部活の一環としてゆるく始めたはずが、いろいろありすぎて多くのプレイヤーに注目される存在になってしまった。

これ以上、目立つ必要もないと思うんだけど、土木スキルはちょっと、いや、かなり惹《ひ》かれる。

なにせ、今まさに、この前見つけた山小屋の改装をしてる最中だし……

01　金曜日　二人だけの秘密

「……ってことがあったんだけどさ」

『お義母様《かあさま》、すごい人なんですね』

「いや、それはいいんだけど」

連休初日。さっさと宿題を終えたい俺は、ミオンとバーチャル部室で宿題を終わらせようとしている。なお、ベル部長とセスはＩＲＯをプレイしている模様。

「土木スキルがアンコモンかレアだったとして、どうやったら取れると思う？」

『セスちゃんが言う、土の精霊でしょうか？』

「やっぱ、それかなあ」

光の精霊は光苔《ひかりごけ》を育てることで、近くの魔晶石《ましょうせき》に宿ることは確定。

俺が偶然発見したのを『白銀の館』ギルドでちゃんと検証してくれた。

「こんにちはー」

「どもっす」

『こんにちは』

ヤタ先生が現れて席に着く前に、俺たちの手元を覗《のぞ》き込む。

「いいですねー。宿題は早めに終わらせておきましょうねー。ギリギリで慌てるなんてことのないようにー」

と、視線はベル部長の席に……

まあ、宿題の量も少なめだし、明日、明後日《あさって》とやれば終わるだろう。

そうすればあとは気兼ねなくＩＲＯの世界に入り浸れる。真白姉が帰ってこなきゃだけど。

「今日はこれくらいでいいかな」

『はい。あ、先生、ちょっと質問が……』

わからないとこでもあったのかなと思ったら、さっきの土木スキルについて質問するミオン。

顧問の先生だから間違いでもないんだろうけど。

「そうですねー。前提として学問系スキルが必要とかはどうですかー？」

学問系スキルっていうと、ベル部長が見つけてた基礎魔法学とかああいうやつか。

そういえば、あの山小屋に地学関係の本もあったし、何かヒントがあるかもしれない……

『ショウ君』

「あー、うん、山小屋にあった本だよね」

『はい』

「気にはなるけど、まずは改築かな。それが落ち着いたらゆっくり読めると思うし、他にもいろいろあるし」

例のフェアリーっていう部分は言外に。ミオンも察したのか頷《うなず》いてくれる。

「じゃ、ＩＲＯ行くよ」

『はい』

「私もここから見てますのでー、楽しんできてくださいー」

とにこやかに送り出してくれるのはいいんだけど。

「ところでヤタ先生はなんで部室に？」

「ベルさんが宿題せずに遊んでないか確認にですよー」

あ、うん。はい……


「さて、まずは山小屋の周りの草刈りからかな。ルピは遊んでていいぞ」

「ワフ」

そう答えて元気よく泉の方へと走っていくルピ。

『ショウ君、草刈りの前に園芸か農耕のスキルを取りませんか？』

「ああ、そういやそうだね。どっちも面白そうだし両方取っちゃうか。ＳＰは余ってるし」

前にバグ報告でもらった女神褒賞の３ＳＰがありがたい。

「じゃ、晩飯までに綺麗にするか」

草刈りだけだとすぐに生えそうだったので、くわで延々と根っこから駆除しつづける。

この上に石畳を敷くし、ちょっと斜面になってるのを、できるだけ水平に均《なら》した。

農耕と園芸のスキルが1ずつ上がったのはラッキー？　まあ、雑草駆除も重要だよな。

『まずは石を敷く感じですか？』

「そうなんだけど、その前にちょっとね」

そこまでする意味があるのかって話だけど、一応、四方に杭《くい》を打ってロープを渡す。

ロープの長さをきっちりと合わせて、ちゃんと長方形にしたい。角はちゃんと直角にしておきたい。完全に趣味だけど。

『マメですねー』

『きっちりしてますね』

「雑にやるとセス美姫《ミキ》にがんか言われそうだし……」


こう「母上の仕事をバカにしておるのか？」とか言われそう。

「よし。じゃ、休み休み敷いていくよ」

『はい。MPには気をつけてくださいね』

山小屋と同じぐらいの広さに石畳を敷いていくんだけど、それらは当然、石壁の魔法で作っていくので、MPをガンガン消費する。

五〇センチ四方の石壁を作って、置いて、踏んで、作って、置いて、踏んでの繰り返し。

やっぱり結構MP持ってかれるな……

「休憩。MP回復待ちで結構かかりそうだなあ」

『でも、もう三分の一は終わりましたよ』

「なんだけど、このペースで壁もやってかないとなんだよな。ベル部長が手伝ったあの防壁とか、よく造ったもんだよ、ホント……」

あれって街をぐるっと一周してるんだろうし。

「ワフ！」

「お、ルピ、おかえり」

地べたに腰を下ろすと、ルピが足の間に入ってきて……

「え？」

『ルピちゃん、光ってます！』

これってひょっとして、とステータスを見ると、

「うわ、MP半分ぐらい回復した……」

『この前習得したアーツ、〈マナエイド〉でしょうか』

「うん、多分」

アーツ好きに使っていいって言ったけど、これは本当に助かる。

「ありがとな、ルピ」

「ワフ～」

そう答えてスンスンと……おやつ欲しいのかな？

インベから兎肉《うさぎにく》を取り出したら、ふるふると首を横に。なんだろう？

『グリーンベリーじゃないですか？　ほら、あの……』

「ああ」

ミオンが歯切れの悪い言い方をするのはヤタ先生が見てるからだよな。

ルピが例のフェアリーに持っていきたいのか、持ってこいって言われたのかわからないけど……

「これ？」

「ワフン！」

それそれって顔なので合ってるっぽい。渡すのはいいんだけど、どうやって持たせ……ああ！

「ちょっと待ってて」

ベルトポーチから仙人笹《せんにんざさ》のヒールポーション——通称、笹ポ——を抜いて、そこにグリーンベリーを五粒ほど入れる。あとは革紐《かわひも》でルピの首にぶら下げてやれば……

『すごく可愛《かわい》いです』

首輪なんかつけなくてもいいかって思ってたけど、こういうのならありかも？

「よし、いいぞ」

「ワフ！」

嬉《うれ》しそうに駆けていくルピの向かう先は、やっぱりあのフェアリーがいたあたり。

「やっぱり？」

『だと思います』

『あらあらー、二人だけの秘密ですかー？』

教師がそういう言い方するのどうかと思うんですけど……

◇◇◇

石の床を敷き終わったところで昼の部は終了。いったんバーチャル部室に戻ったら、ベル部長が宿題をやらされていたので、そっとしておくことにした。

夕飯作って、食べて、洗い物して、またログインしたのは午後八時ちょうど。珍しいというか、俺と美姫しかいない。

「ベル殿は昼に痛い目を見ておったのでわからんでもないが、ミオン殿がおらぬとはな」

「だよな。まあ、ちょっと待つか。ああ、そういえば……」

昼にヤタ先生が話していた、前提に学問系スキルが必要なのかもという話を。

「なるほど、その線も有力よの。昼に調べてみたのだが、ＩＲＯの今の技術レベルではあまり高い建物は建てられんそうだ」

「え？　じゃ、王国の城とかも古代遺跡……っていうか昔からあったやつ？」

「うむ」

一応、三階建てぐらいまでは造れるらしいが、それ以上はないらしい。地下施設や深いトンネルはさらに珍しく、鉱石はダンジョン内が主流なんだとか。

どこかのタイミングでロストテクノロジーになっちゃったってことだよな……

『お待たせしました』

「ミオン。あ、いや、そんな待ってないから」

「うむうむ。では、こちらはその件をもう少し調べるとするかの」

セスが立ち上がり、ＩＲＯへと旅立っていく。じゃあ、俺も……

『ショウ君、その前にあの……作って欲しい料理なんですけど、母から中華料理が食べたいって』

「え？　ミオンのお母さんにも振る舞うの？」

『ダメ、ですか？』

「いや、別にいいけど、なんかすごく料理がうまいとかいう話になってそうで不安……」

ミオンがどういう説明したのか気になるけど、俺は『ちょっと料理できる程度の高校生』でしかないわけで。

『大丈夫ですよ。ＩＲＯやりましょう』

「あ、うん。じゃ、いってきます」

『はい。いってらっしゃい』


「さて、壁を作りつつ、屋根の準備をしないとだよな」

ルピとご飯を済ませて、さっそく山小屋……の隣の蔵の建築に取り掛かる。

『ショウ君、石造りの屋根ってどうするんですか？　長い石を渡すんじゃないんですよね？』

「うん。簡単に説明すると、壁を作ってからその上にしっかりした木の梁《はり》を何本か渡して、その上に薄い石畳を置く感じかな」

イメージしづらいかなと思って、山小屋の横手に回る。

「ほら。ここで梁を渡してあるでしょ」

一階の天井、兼、二階の床を支える梁が五本。壁の一番上にある凹《へこ》んだ部分から見えている。

サイズ的には丸太一本分ぐらいかな？　多分、蔵の梁もこのぐらいで大丈夫だと思う。

『なるほどです。石造りって全部石じゃないんですね』

「アーチを組んで本当に石だけでかまぼこ屋根なのもあるけどね」

幸いなことに、その手の本はうちには山ほどある。

『まずは壁からですか？』

「うん。石壁を低いところから積んでいくよ」

山小屋の石壁一個の大きさを参考に、ロープに沿うように長方形の石壁を作る。側面にちゃんと白粘土を薄く塗って、また隣に石壁を……


「ふう、休憩」

一段目、両横と奥を囲ったところで一休み。

キャラクターレベルが上がって、ＢＰをステータスに回したことで、ＭＰは結構あるんだけど、それでも半分以上は使っちゃったか。

『正面の壁は作らないんですか？』

「うん。出し入れしやすいようにね」

『なるほどです。それでも長丁場になりそうですね』

「まあ、しょうがないかな。欲張って大きめに作っちゃったし」

ＭＰ回復待ちの間は木を切って、足場を組めるような準備をしないと。

「ワフ」

「ルピ、おかえり。今日も？」

「ワフン」

昨日からずっと首にぶら下げてるポーチにグリーンベリーを五粒。

多分、例のフェアリーのところに遊びにいくんだろう。

『ルピちゃんが何をしてるのか気になります』

「だね。まあ、怪我《けが》したりはしてないし、楽しそうにしてるから」

ルピを見送りつつ腰を上げ、さっそく伐採に。

大きな木を切るのは初めてなので、ちょっと緊張する。

「んー、これかな」

手頃な太さの木を見つけ、伐採スキルを意識して両手斧《りょうておの》を構える。

『気をつけてくださいね』

「りょ」

えーっと、スキルアシスト曰《いわ》く、ここところを切るとあっちに倒れるらしいから、もうちょっと立ち位置を左に。周りを確認。人はいないけど、ルピがいたら危ないもんな……

「はあ、やっと一本できたけど、ホント大変だな、これ」

『でも、すごく綺麗にできてますよ』

木を切り倒すのに一〇分弱、そこから一本の真っ直《まっす》ぐな材木にするのにさらに一〇分強。それでも現実に比べれば短いんだろうけど。ゲームだからそれで済んでるんだよな。

「ベル部長のとことかどうしてるんだろ？」

『NPCさんがやってくれるんじゃないでしょうか？』

「そりゃそうか……」

まあ、この作業で伐採と大工のスキルレベルが上がったし、よしとしておこう。

『その木材は屋根に使うんですか？』

「あ、ううん。これはまず足場作るため。壁が高くなってきた時のためにね」

『なるほどです』

さて、そろそろ二段目を積める分のMPが回復したはず。もうちょっと早くMP回復してくれると嬉しいんだけどなあ。

「そういえば、MP回復ポーションってどうなんだろ。聞いたことある？」

『いえ、聞いたことがないです』

ベル部長とか知ってたりしないかな。純魔なんてMP切れたら置物だし、持ってそうな気はするんだけど。

「フルダイブでポーションがぶ飲みしながらは、なんか胃がつらそう」

『そうなんですか？』

「ご飯食べるとちゃんと満腹感あるし、ポーションでもあるんじゃないかな」

お腹《なか》たぷたぷで走り回ったらリバースしそうで、なんかもう別の状態異常って気がするな……


「ふう、今日はここまでかな」

『お疲れ様です』

蔵の石壁を腰の高さぐらいまで積み終えたところで終了。

その間にもう一本、材木を調達したりと、なかなか忙しくてあっという間に時間が過ぎる。

「ワフ」

「ルピ、今日もありがとな」

途中で一度、ルピの〈マナエイド〉でMPを分けてもらったので、予定よりも進んだ感じ。

頑張れば、明日明後日で壁は終わって、明々後日《しあさって》には屋根を乗せて完成なんだけど、明日はライブの準備もあるし、蔵作りはお預けのつもり。

切り出した木はとりあえず転がしておく。足場組むのにもう一本ぐらい用意しないとだよな。

ルピと二人、寝床にしてる洞窟に帰ろうとすると、

【ワールドクエストが更新されました】

「『え？』」

慌ててメニューを開き、ワールドクエストの情報を確認。

【ワールドクエスト：生存圏の拡大・維持】

『第一皇子ジグムントに反旗を翻した第二皇子バークレストは、パルテーム領を首都としたパルテーム公国を宣言した。

グラント川を挟んで睨《にら》み合《あ》っていた両国は、戦いの長期化による国力の疲弊を懸念し、暫定的な停戦について協議を始めるのであった。

果たして停戦となるのか？　停戦にて難民たちが帰国した場合、新たな街は維持できるのか？

目的：新たな街の開発と維持。達成状況：57％』

マジか。まあ、この島には全然関係ないことなんだけど、ベル部長やセス、ギルド『白銀の館』的にはどうなんだろう。

『ショウ君、部室に戻りませんか？』

「あ、うん」

例の噂《うわさ》が本当なのかどうか確認してもらってたはずだけど、その結果ってまだ聞いてないよな。

「ルピ、走るぞ」

「ワフッ！」

「ふう、ただいま」

『お帰りなさい』

で、部室を見回すと、

「待っておったぞ、兄上！」

「じゃ、始めましょうか」

ベル部長とセスが待ち構えていた。相談しないといけないことがあるって感じかな。とはいえ、無人島にいる俺ができることは少ないと思うけど。

「セスちゃん、二人の皇子の仲が険悪という噂の真相を教えてもらえるかしら？」

俺が席についたところで、気になっていた件から話が始まる。

「うむ。結論から言うと、その『仲が悪い』という噂はあくまで噂でしかなく、何一つ証拠を得られなんだそうだ」

「じゃ、本当は仲が良いって可能性は？」

その問いに対しては首を横に振る。だが、

「不思議なのは、二人が顔を合わすようなことが、ここ一〇年で一度もなかったという点よの。それゆえ『顔を合わせるのも嫌』というような噂話が広がったとも考えられるとのことだ」

ふーむ、いまいちはっきりしない。ちょっと深読みしすぎなのかなあ。

更新されたワールドクエストのフレーバーも普通に停戦協議に入ったとかだっけ。

「当面は王国や共和国の方に何かってことはなさそうかしら？」

「それが一つ気がかりなことがあるのだ。王国と帝国の間には、現在一〇年の不戦協定が結ばれておる。だが、その協定は公国には適用されぬであろう……」

「おい、それって……」

「うむ。公国が王国を攻めるという可能性があるのだ」

『でも、王国を攻めるにも戦力が足りない気がしますけど……』

「いえ、攻め込める場所が一つあるわ。それも公国からそう遠くない場所に……」

公国って帝国の南側にあった場所だよな？　そこから遠くない場所っていうと……あ！

『部長やセスちゃんが以前行っていた塔のあたりですか!?』

「うむ。南東部の開拓地は塔の手前、さらに公国に近い位置になる。開拓自体は進んでおるようだが、防衛力という意味では心許《こころもと》ないというのが正直なところよの」

「……大丈夫なのか？」

プレイヤーキャラがNPCにやられるとか、たまったもんじゃないよな。

自分たちから挑んだならまだしも、攻めてこられて蹂躙《じゅうりん》されるとか……

「子爵殿には話しておいたし、かの御仁もそれを危惧しておった。どういう結論になるかはわからぬが、おそらくは王都に退避するよう指示が出るであろう」

『間に合うんでしょうか……』

「公国からあのあたりまでは、どんなに急いでも三、四日かかると思うわ。ちゃんとログインしていれば、逃げ遅れるということはないと思うのだけれど」

ああ、なんらかの用事でログインできてなくて、久々にログインしたら所属国家が変わってたとかビックリだろうな。

「いずれにしても、今、我らができることはあるまい。停戦に至れば、難民も帝国や公国に戻るかもしれぬ。そうなれば開拓地の維持に専念せざるをえまい」

「日曜のライブで塔に行こうと思ってたのはなしにするしかないわね」

『あの古代遺跡の塔に行くつもりだったんですか？』

「ええ、たまには戦闘しているところも見せないと」

「ふむ、余っている物資を売りに行くつもりであったが、別方面を検討した方が良さそうよの」

へえ、いろいろと考えてるんだなあ……。あ、そうだ！

「話は変わるんですけど、ベル部長はMP回復ポーションって使ってます？」

「MP回復ポーション!?　まさか作れたの？」

「あ。いや、MPの回復待ちがキツいから、ポーションあるのかなって思ったんですけど……」

純魔ビルドだし、俺なんかよりずっと最大MPは多いんだろうけど、それでも足りなくなるはず。

特に長丁場になってくると。

「そういうことね。結論だけ言うと、今のところMP回復ポーションはないわ。

ただ、MPの回復を早める装備はあるわよ。私が着ているローブがそうね。あとは魔晶石にマナを溜《た》めておいたりというのが一般的かしら」

『装備で変わるんですか？』

「ええ、そうなの。装備の中にはMP回復を早める効果もあるのよ。何もなしなら一分で一回復のところを一〇回復にしてくれたりね。魔晶石は簡単に言うと外部バッテリーよ。MPのね」

装備でのMP回復増加は、一分ごとに一〇回復とか、一〇秒ごとに一回復とか、間隔と回復量がバリエーションとしてあるらしい。

魔晶石にMPを溜めておけ、好きな時に予備MPとして使えるんだとか。

「魔晶石はレッドアーマーベアのやつがあったと思うけど、装備の回復増加は羨ましい……」

「兄上は自分で作れば良いではないか。裁縫のスキルは持っておったであろう」

「あ、そうだった……」

「我が今身につけておるマントは、シーズン殿にあつらえてもらったものだぞ。グレイディアの皮から作られた逸品よ」

シーズンって……

『ギルドの小さいお姉さんですよ』

ミオンの方を見た瞬間に答えが返ってきた。

「で、それってどれくらい回復量上がるんだ？」

「三〇秒で三回復よの。タンクはヘイトコントロールにアーツを使うゆえ、MPは常に一定量はキープしておかねばの」

ってことは、一分で六回復だから今の俺の六倍！　五分も休めば石壁レンガ一個作れるじゃん！

明日は俺もマント作ろ……

02 土曜日　実況見分ライブ！

お昼を食べてからIROへログイン。ミオンは習い事の日なので不在。

ルピと一緒にご飯を食べ、さっそくマント作りといきたいところだけど、

「どっちを使おうかな。セスと同じグレイディアか、レッドアーマーベアを試すか……」

サイズとして余裕があるのは、圧倒的にレッドアーマーベア。

加工前だけど、俺がすっぽりと包まれるほどに大きい。逆にグレイディアはサイズ的にちょっと足りない感じ。

セスがシーズンさんに聞いた話だと、ゆったりと全身を覆う服（非金属？）の方がMPの回復は早いらしい。身につけているものと体の間にあるスペースにマナを滞留させることで、より多くのMPが回復できるようになるんだとか。

「それって、厚着するほど良いってことか？」

「ただの厚着では体と衣服の間の空間がなかろう。中空の着ぐるみの方が良いらしいぞ」

実際に着ぐるみを作って試した人がいたらしいが、MP回復効率は良くても動けなくて「ないな」って話になったそうだ……。というわけで、普通のマントを作るんだけど、

「どっちの方がいいと思う？」

「ワフン」

ミオンがいないのでルピに聞いてみたら、たしっと前足をレッドアーマーベアの方に乗せた。

そして、反対側のグレイディアの皮の上に丸くなる。

なるほど、そっちはルピの寝床にしたいからってことね。

じゃ、レッドアーマーベアの方で作ってみるか……

まずは甕《かめ》にパプの実の果汁を搾って溜めていくんだけど、皮がでかいし結構大変。手持ちのパプの実をほとんど使いきって、やっとひたひたに。

「処理が終わるまでに、パプの実を補充しておくかな。ルピ、散歩に行こう」

「ワフッ！」

ガバッと起き上がって、目をキラキラさせる。

昨日は昼も夜も蔵を作るのにかかりっきりだったし、今日はいっぱい遊んであげないと。


久しぶりに密林の方を散歩し、パプの実だけでなく、いろいろと確保してきた。

ルピは満足したのか、戻ってきて早々にグレイディアの毛皮の上に丸くなる。

あー、蔓《つる》かごとか竹かごを編んで、ルピのベッドにしてあげるって手があるな。でも、まだ成長途中っぽいので悩ましい。

物干し竿《ざお》（旧テントのフレーム）にレッドアーマーベアの皮を干し、乾くのを待つ間に他の未加工の皮を甕の中へ。二、三回は使えるので、手持ちの皮はできるだけ加工しておくことにする。

「乾き待ちの間は矢でも作るか……」

乾いた革からマントを作り終えたら、西の森まで行って罠《わな》の設置かな。

今日のライブはレッドアーマーベアを倒した時の状況説明って言ってたけど、それだけで一時間続くかな？　まあ、時間が余ったら、また質問タイムとかでもいいか。

【細工スキルのレベルが上がりました！】


「お、ラッキー」

やっぱり骨鏃《やじり》は細工の方になるっぽい。

これで細工も5になったたし、生産系のスキルはかなり充実してきた気がする。

「さて、革の方はどうかな」


【赤鎧熊の革】

『赤黒く強靱《きょうじん》な革。レッドアーマーベアの堅い鎧だった部分は、鉄と同程度の強度がありつつ、しなやかで軽い。

裁縫：衣服、防具の材料』

うわ、マジか……

これでマントとか贅沢《ぜいたく》な気がするけど、革鎧《かわよろい》は作ったばっかりだし、ゲームを続けてれば、まだまだ良い素材が出てくるよな。

というわけで、裁断の前に軽く羽織ってみて、どういう感じにするかをチェック。

あの鎧みたいな皮膚の部分とそうでない部分を確認し、おおよそのあたりをつけて骨製の目打ちで印をつけていく。両手両足の部分が余っちゃうし、これでブーツとグローブも作るか……

「よし、こんなもんかな？」

赤鎧熊の革と格闘すること小一時間。まずはマントが完成した。


【裁縫スキルのレベルが上がりました！】

「よしよし、裁縫スキルも順調に育ってきたな。で、できは……」


【赤鎧熊の良質なフード付きマント】

『レッドアーマーベアの革から作られたフード付きマント。しなやかさと強靭さを持つ良品。防御力＋23。MP回復10秒毎《ごと》＋3。気配遮断スキル＋2』


「はあ!?」

これ……ぶっ壊れ装備じゃない？

防御力が今の複合鎧とほぼ同じ。MP回復は分に直すと一八。そこまではまあ良い。十分壊れ性

能な気もするけど、多分、ベル部長とかもそれくらい良いの持ってるはず。けど、気配遮断スキル＋2っておかしいでしょ……

「ワフ？」

「ああ、ルピ、ごめん」

どうしたの？　って小首を傾《かし》げる仕草が可愛くて、思わず撫《な》で回《まわ》してしまう。

うんうん、落ち着け俺。とりあえず身につけてみよう。

全身をすっぽりと覆い、かつ、動きを阻害することもなし。それに、

「思ってたよりずっと軽い……。これで防御力＋23は反則じゃないか？」

MP回復は後で試すとして、問題はスキルレベルが上がるやつ。

ステータス画面を見てみると『気配遮断：7』と書かれている。

いや、待て。スキルレベルのMAXって10とかいう話だったよな？　補正入って超えたらどうなるんだ？　うーん……

「やべぇ……」

「ミオン、このマントの話、カットしといて」

配信カメラに向かってそう告げておく。多分、まだそんな装備は出てないはずだし、こんなのが表沙汰になったらレッドアーマーベア争奪戦が始まるに違いない。

ちょっといろいろと悪目立ちしすぎてる気がするし、これは誰か別の人が気付いてから公表することにしよう。

「あ、あと、今から作るブーツも」

両足の革からブーツを作るつもりなんだけど、果たしてどうなることやら……


【裁縫スキルのレベルが上がりました！】

また上がった。素材が特殊だから、スキル経験値が多くもらえてるとか？


【赤鎧熊の良質なブーツ】

『レッドアーマーベアの革から作られたブーツ。しなやかさと柔軟性を持つ良品。

防御力＋8。気配遮断＋1』

こっちもかよ！

ブーツを履き替えてステータスウィンドウを開く。

マントは羽織ってないので、スキル一覧には『気配遮断：6』の表示。この状態でマントを羽織ると『気配遮断：8』に変わる。……ここまでくると10にしたくなってくるんだよな。

◇◇◇

「ばわっす」

『ショウ君』

「こんばんはー」

午後八時。ライブまであと三〇分。

バーチャル部室で待ってくれてたのは、ミオンとヤタ先生。

セスが先にＩＲＯに行ったのは知ってる。ナットやいいんちょと明日のライブ場所である南西部を下見に行くそうだ。ついでに『白銀の館』のクエストで物資を運んだりもするらしい。

ベル部長はというと、生産組と会議だとかいう話をセスから聞いている。

グラニア帝国とパルテーム公国の動きが不穏なので、これからのギルド運営をどうしようって話し合いだそうで。

ギルマスのお前がいなくて良いのかよって聞いたら、「子供には難しいことはわからぬ」とか言いやがるし……。

「もう準備万端って感じ？」

『はい！』

「いつでもいいですよー」

今日もヤタ先生がついていてくれるのが頼もしい。

徐々に減らしていきますよとは言われてるけど、まあまあ夏ぐらいまではいて欲しいところ。

「りょっす。じゃ、ＩＲＯに」

『はい。いってらっしゃい』

「うん。いってきます」

だから、ヤタ先生、ニヤニヤしないで……


〈ショウ君、昼のアーカイブ見ました〉

〈あ、うん。あれ確実にやばいよね？〉

〈どうでしょう？　もうそういう装備を持ってる人もいるんじゃないでしょうか？〉

あ……そうか。

俺が気づいてないだけで、実はみんなそういうの持ってるかも？

〈今度調べておきますね〉

〈う、ごめん、お願い〉

マイホームの洞窟の広間から、古代遺跡を通って西側、セーフゾーンの草原へと向かう途中。

ミオンとこそこそウィスパー中。ヤタ先生にならバレてもいいかなとは思うものの、急にベル部長やセスが戻ってくるかもなので……

〈今はいてるブーツなんだけど、これライブで突っ込まれると思う？〉

〈大丈夫だと思います。聞かれても、鑑定結果を出さなければいいんじゃないでしょうか？〉

〈りょ。そうするよ〉

それにしても、歩いてるだけでなんとなく気配遮断にプラス補正が入る理由がわかる。

だって、足音が明らかに小さい気がするし。

「ワフッ！」

西の出口が見えたところで駆け出すルピ。

元気で何よりだけど、病気とかしないよな？　ＩＲＯは妙にリアルなところがあるから怖い。

『ショウ君、あと五分です』

「おけ。草原で座ってればいい？」

『はい』

このセーフゾーンの草むら、すごく座り心地がいいんだよな。

セーフゾーンっていうか、安眠ゾーンって感じ。雨さえ降らなければだけど。

ルピは楽しそうに草むらを走ったりジャンプしたり……バッタか何かを追いかけてるのかな？

『ショウ君、チャットのウィンドウを』

「あ、やべ。ごめんごめん」

慌てて前回設定したチャットウィンドウを開く。

【ヤタ】「こっちも見えてますか？」

「うっす。チャットが見えました」

〈はいー、そろそろですよー。ちなみに五〇〇〇人ほど待ってますねー〉

マジか……。前よりも確実に増えてる、よな？

〈一〇秒前……、五、四、……〉

『みなさん、こんばんは。ゲームミステリーハンターのミオンです。よろしくお願いします！』

【ベアメン】「初見よろしく～♪」
【ブルーシャ】「キャー♪──O（≧∇≦）O──♪」
【ガーレソ】「キマッテタ！」

滝のように流れていくコメントに目が追いつかない。さらに、

【デイトロン】「〈祝！二回目！：５０００円〉」
【ルーランラン】「〈収益化おめ！（遅）：１０００円〉」
【ブルーシャ】「ナイス！×２」
【キンコジ】「〈ジュース代：３００円〉」

あわわわわ……

『あ、ありがとうございます！』

そこからも次々と飛んでくる投げ銭。大丈夫なの、これ？

〈はいはいー、落ち着きましょうねー〉

『はい。えっと、では、さっそくですがエリアボスを初めて、しかもソロで討伐したショウ君につなぎますね』

おっと、呆《ほう》けてる場合じゃないな。ちょっとはシャキッとした顔を……今さらか。

『ショウ君、ルピちゃん、こんにちは』

「ようこそ、ミオン。あれ？　おーい、ルピ！」

虫か何かと戯れていたルピが嬉しそうにダッシュして、俺の腕の中に飛び込んでくる。

「ほい。ご挨拶」

「ワフン！」

【ルコール】「かわよ～」

【ナーパーム】「これは悶《もだ》えますね……」

【ガフガフ】「あああああ！　もふもふしてぇ！」

うん、まあ、ルピが可愛いのはしょうがない。

「で、今日はミオンからもリクエストがあった話をライブでやる予定です」

『はい。「エリアボスとの対決、あの時何が起こったか！」です！』

【イザヨイ】「今いる場所からスタートです？」
【ガーレソ】「やべえ、超面白そう」
【マツダイラ】「実況見分キタコレ！」

あ、良かった。そんなことより飯テロ早《はや》よ、とか言われたらどうしようかと。いや、飯テロはいつでもできるけど。

『はい。では、まず今の場所について説明お願いします』

「うん。えーっと、この草原全体がセーフゾーンで、あのアーマーベア……レッドアーマーベアを倒してできたセーフゾーンかな」

あたりをぐるっと見回して、視聴者のみなさんにも見えるように。で、まずはあれかな？

「あの洞窟は中で古代遺跡に繋《つな》がってて、前に開かなかった扉の反対側に出ます。その扉を開けられたので、今はそこを行き来してる感じですね」

【シェケナ】「あの気になってた扉開いたんですね！」

【ノンノンノ】「出入り口が二箇所あるダンジョンって珍しい」

【カリン】「ゲームっぽい都合なのか、意味があってそうなのか気になる～」
【マットル】「ってことは、この島の地下全体に遺跡が張り巡らされてる？」
確かに北に行く道があったわけだし、地下全体に広がってるのかもだな。
「ちなみに、ここはコプティが自生してたりと、ちょっとずるいセーフゾーン」

【レーメンスキー】「お座り採集してた俺にクリティカルヒットｗｗ」
【イマニティ】「共和国に売りにきてくれないかなあｗ」
【チョコル】「笹ポの存在教えてくれたし無問題ですよぅ～」
【ティーエス】「ほんそれ！」

思ってたよりもずるいと思われてない感じ？
意図的じゃなかったけど、仙人笹がポーションになるのは広まってるようでなにより。
『そういえばショウ君はチュートリアル受けてないんですよね？』
「うん。所持金もゼロ。まあお金持っててもしょうがないし」
【ガフガフ】「金銭交渉が通じない相手！ｗ」
【フリテー】「いくら持ってても買い物する場所ないよね」

【モルト】「いっそ炉でインゴットにインゴットに戻す方が役立つぞい」

ああ、確かにインゴットに戻すってのはありかもだよな。

それで何を作るかって話だけど……ルピにメダルでも作ってあげるとか？

『では、まずは最初の現場にお願いします』

「うん。ルピ、行こうか」

「ワフッ！」


「その日はもちろん南側から来たんだけど……。お、かかってる！」

いつものレクソンが生えてる場所に来たら、仕掛けた罠にかかってるのはグレイディア。

肉も美味いし、毛皮はルピの寝床にも。あ、引っ越ししたらベッドの敷き毛布として使うのもありだよな。

「ワフ」

「ん、いいぞ、ルピ」

【イザヨイ】「え、ルピちゃんが相手するの？」
【ギシサン】「罠かかってるし大丈夫でしょ」
【ルコール】「ルピちゃん、がんばれ！」

「ヴヴヴ……バウッ！」

前回と同じく首筋に噛《か》みついて引きずり倒すので、押さえ込むのをお手伝い。

ほどなくして、おとなしくなったグレイディア。後日、ありがたくいただくことにしよう。

「偉いぞ、ルピ」

「ワフン」

【ルコール】「ドヤ顔かわよ～」
【クサコロ】「強《つえ》え……」
【ラッカサン】「かっこいいよなあ」
【リュウズ】「〈ルピちゃんＧＪ！：５００円〉」

「あの日も罠の確認に来てて、えっと……あそこだ」

グレイディアの解体を終え、崖のそばのルディッシュが生えてるところまで足を運ぶ。

今日もしっかり生えててくれたので、それを抜いて、

「これ。見たまんま大根なんだけど、これを見つけてテンション上がってたところに……」

『いきなり近くに現れたんですよね？』

「うん。短編のコメントにも書いたけど、バグだったらしい」

【ガフガフ】「なんというクリティカルｗ」
【レーメンスキー】「糞《くそ》ポップかと思ったらバグだったのかｗ」
【ブルーシャ】「エリアボス隣湧きは酷《ひど》い……(>◇<;)」
『あの時は本当にビックリしました。ショウ君は戦うって言うし……』
「あの瞬間はもう逃げられる距離でもなかったし、いずれと思って用意はしてたから」
「ワフ！」
「そうそう、ルピもいたしね」
【ルコール】「主張かわよ～」
【カリン】「熊ってめっちゃ足速いっていうよね～」
【ドウミン】「背を向けず、にこやかに後ずさるのがいいらしい」
【マツダイラ】「実際戦ってるところ全編見たいな」
『あ、編集はもうすぐ終わりますから、次の火曜には公開できると思います』
【シャルラン】「へ？」

【ニレノ】「ミオンちゃんが編集してるの!?」
【ミザール】「まさかのバーチャルディレクターでもあった！」
【チョコル】「ちょっと男子～」

「はい、全部ミオン任せです。ごめんなさい」

俺は無力だよ……


その後のあれこれを説明し、勝負手となった崖に到着。あの時の石壁が残っているので、

「この石壁を出して、追っかけてきたあいつが飛び越してきたのを、こう左に避《よ》けて……」

『海に落ちていったんですよね』

ぐるっと振り向いて崖下を覗く。

あの時はテンション上がってたけど、冷静になって見ると高いよな。

【アルデ】「なるほどー」
【コックリ】「熊、落ちる前に両手広げてそう（笑）」
【ナメーン】「すげえ！　最初から狙ってたの？」
『最初からそういうつもりだったんですか？』

「いや、これはホント思いつき。第二形態になって、完全に頭に血が上ってるみたいだったし」
さすがにこれがうまくいかなかったら、なんとか逃げるって方針転換してたと思う。

【ユイオン】「ショウ君、その後飛び込んだの？」
【トネン】「短編動画だと水中戦してたっぽいよな」
【ドウミン】「熊は普通に泳げるぞー」

『そうなんです。そのまま「トドメを刺してくる」って……』
「いや、まあ、追いかけるでしょ。せっかく倒せそうなんだし」

【ガーレソ】「飛ぶよなあ」
【ティーエス】「岸に戻ってくるところを待ち構えれば良かったんじゃ」
【ガフガフ】「よし、ちょっと再現してみよう」
【キンコジ】「押すなよってやつだな！」

あれ？　なんか俺が飛び込む話に進んでるような？　いやまあ、いいんだけど。
「じゃ、飛び込んでみるかな」
『ショウ君、無理にやらなくても……』

「どこに飛べばいいかわかってるから大丈夫。バグ直ってるか確認したいし。あ、ルピはあっちで待ってて」

「ワフ」

ここからちょっと南側、例の岩棚で先に待っててもらう。

【ガフガフ】「マジか！」
【ブルーシャ】「無茶しないでー」
【フリテー】「いや、結構高くね？」
【デイトロン】「〈チャレンジ代：5000円〉」

……うん、やっぱり頭からは怖いし足からだよな。

「せーのっ！」

足から着水し、その勢いのまま全身が水中へと。

これ、リアルだったらびっくりするほど冷たいんだろうけど、ゲームだからかそういう感じはほとんどしない。

で、配信のカメラってちゃんと水中に来てるのかな？　って喋《しゃべ》れないし！　とりあえず手を振ってみると……

『水中でも見えてますよ～』

ミオンの声が聞こえて一安心。サムズアップしておく。

ついでだから何か探すか。サザエとかアワビとかウニとかないかな……


【潜水スキルのレベルが上がりました！】


あ、潜水スキル取ってたんだった。

『多分、貝とかを探してるんだと思います』

うん、ほどほどにしよう。

コメント見る余裕ないし、ミオンもルピもほったらかしにするのは良くない。

「ぷはっ！」

『大丈夫ですか？　寒くありません？』

「うん、平気。とりあえず岩棚まで泳ぐよ」

落ち着いたところでないと話もしづらいので、さっさと移動。

今日はレッドアーマーベアを引いてないんで軽い軽い。

「今はもうバグ直ってて水中も映ってたみたいだけど、あの日はカメラがついてこなくって」

【コックリ】「えー……(´Д｀)」

【ラカン】「じゃ、完全版にも水中戦は映ってないのかー」

【カナカン】「もうショウ君をデバッガーに雇おう」
【マッチルー】「無人島専属デバッガーですねー」

『そうなんです。なので、水中で何があったのか説明してもらえますか？』

「うん。って言っても、喉に刺さってたナイフが見えて、ちゃんと刺さってないのかなって思ったから、石礫《いしつぶて》の魔法を当てて押し込んだんだよ。それがうまく当たったからなのかはちょっとわからないし、当たって麻痺《まひ》が通ったのかもわからないんだけど」

『なるほどです』

ただまあ、あれが決め手だったのは間違いないと思う。

〈あと一五分もないですよー〉

『じゃ、あとは質問にしましょうか？』

「おけ。ここじゃなんだし、砂浜まで歩きながらで」

『はい！』

【ブルーシャ】「質問タ〜イム♪――――O（≧▽≦）O――――♪」
【マッデル】「いろいろ聞きたいことありすぎる」
【ノンノンノ】「最近作ったご飯のレシピ！」
【シエケナ】「ミオンちゃん、ご飯作ってもらえた？」

今日のライブ、自分もミオンも楽しかったし、見てる人たちも楽しそうだし、良かった良かった、かな？

『そろそろ時間ですね』
「あ、もうか。あっという間だったなあ」

【ロッサン】「相変わらず時間が飛ぶライブｗ」
【シュンディ】「今日は飯テロなかったから平和だったね～」
【デイトロン】「〈ＶＳ熊完全版期待！：５０００円〉」
【ガフガフ】「〈楽しかった！：３００円〉」
【ブルーシャ】「〈おつおつ～（≧∀≦）：３００円〉」
【ワショー】「〈次回飯テロ希望！：１０００円〉」

あわわわわ、投げ銭がどばーっと流れていくの、やっぱ怖いんだけど。
もちろん、それは俺だけじゃなくて、
『あ、ありがとうございます！』
〈ミオンさんー、落ち着いてー〉

「ミオン。また来週でいいんだっけ？」

『はい、その予定です。火曜の完全版、楽しみにしていてくださいね』

落ち着きを取り戻しさえすれば、しっかり話せるんだよな。

あとはラストコールだけ……


【ハルネ聖国が建国されました！】


「『え？』」

俺とミオンがハモり、その瞬間からコメント欄にも疑問符がすごい勢いで流れていく。

〈お二人ともー、放送を終わらせた方がいいですよー〉

『で、では皆さん、またお会いしましょう！　さようなら～』

「またー」

「ワフー」


〈お疲れ様でしたー。もう大丈夫ですよー〉

『はい。先生、ありがとうございました』

「お疲れっす。最後のアレ……なんなんだろ？」

コメントはまだ流れてて……、あ、止まった。放送中に送られてきてたやつが、全部こっちに届いたってことでいいのかな？　……ん？

「なんか、ゲームドールズの人が建国したらしいって、コメントに書かれてるんだけど」

『それってプレイヤーの人が建国したってことですよね？』

「本当ならそうなんだろうなあ。……大丈夫なのかな？」

セスがプレイヤーズギルドの超豪華版とか予想してたけど、それならなんとかなるのかな。

『部長たち、慌ててそうですけど』

「んー、どうだろ。場所によるんじゃない？　なんか共和国の南側の開拓先だとか書かれてるし」

『ちょっと調べてきましょうか？』

「いや、いいよ。この島には関係ないし、もしベル部長が呼びにきたら、このライブで話せばいいんじゃないかな」

ベル部長やセス、ナット、いいんちょ、あとは『白銀の館』の人たちかな？　知り合いが関係してれば気になるけど。

ゲームドールズの人たちはお仕事でやってるんだし、前に無人島スタートした今川《いまがわ》さんって人はちょっと可哀想《かわいそう》だったけど、ナットの話だと普通にキャラ作り直しで再開したって聞いたし。

〈ですねー。ショウ君やミオンさんが気にしてもどうしようもないことですー〉

『そうですね。えっと、ショウ君、もう少しＩＲＯやりますよね？』

「うん。一一時ぐらいまでかな。このまま密林抜けて、採集しながら戻るよ」

グレイディア狩れたし、俺も石のベッドに敷いてみるか。

というか、あっちの蔵ができたら、もう引っ越ししてもいいのかも？　屋根があれば就寝ログアウトできるだろうし。

「よし！　ルピ、帰ろうか！」

「ワフ～」

そのうちまた塩作りに来なきゃだし、セスが言ってた土木スキルも気になるし、この前のフェアリーにもまた会ってみたい。

うん。やることありすぎて、知らない人のことまで気にかけてられないよな。

『ショウ君、なんだか楽しそうですね』

「え？　今日のライブも楽しかったし、やることいろいろあるなーって考えてたからかな？　ミオンは楽しめてた？」

『はい！』

「じゃ、良かった」

「ワフ！」

「うんうん、ルピもな」

『兄上、お邪魔するぞ』

「おー、思ったより早かったな。ベル部長も？」

『ええ、いるわよ』

「お疲れっす」

俺はというと採集したパプの実やら蔓やらを整理整頓中。

『さっきの建国宣言のことですよね？』

『うむ』

『まず、何が起きたかを説明しておくわね。二人はライブ中にワールドアナウンスを聞いただけだと思うし』

「ちょうどライブの終わりに重なって、めっちゃ焦りましたよ」

『先生がいてくれて良かったです』

ホント、ヤタ先生が声をかけてくれなかったら、俺もミオンもどうしたもんだかって困ってたと思う。あそこでサクッと終わらせたから、落ち着けたようなもんだし。

『ショウ君のエリアボス単独討伐も、私の記者会見ライブの最後に被《かぶ》っていたのよ？』

……その節はすいません。

『その話は後でよかろう。ともかく、建国宣言をしたのはゲームドールズの北条《ほうじょう》ハルネ殿だ。ファンと共に開拓をしておった先で宣言したようだの』

「へー、じゃ、本格的な国づくりなんだ」

『それがどうも雲行きが怪しいのよ……』

『どうしてですか？』

なんだろ？　バーチャルアイドルがファンと一緒に国づくりって、ある意味、例の今川さんがやろうとしてたことと同じだし、予定通りって感じじゃないのかな？

そんなことを考えながら蔓をまとめて縛る。パプの実は食用にはしないので、洞窟の隅っこに。

今、インベを圧迫してるのは主に肉なんだけど、これは山小屋にあった保存庫で大丈夫だよな。

あと、ベーコンとか作ってみたいところだし、燻製《くんせい》小屋みたいなのも欲しいか？

『ゲームドールズの人たちとファンだけなら良かったんだけど、そこにユニッツの人たちとファンもいたのよ……』

「ええー」

ユニッツはゲームドールズの男版？　イケメン揃《ぞろ》いのバーチャルアイドルグループで、ファンの女の子とゲームしたりするライブが人気。

まあ、ファン層も違うし、ゲームドールズと仲が悪いというわけでもないけど、母体となる所属事務所が違うわけで、なんで、そんな状況で建国宣言したんだよっていう。

どう考えても揉《も》めそうなんだけど？

『周りの人は止めなかったんですか？』

『周りと言うても皆、ハルネ殿の後輩にあたるゆえの。ああいう企業系バーチャルアイドルは上下関係が厳しいとも聞く』

あとはファンが止め……なさそうだよなあ。むしろノリノリで後押ししそうだし、それに、

「会社からやれって言われた可能性も？」

『それもあるかもしれないわね。ゲームドールズは攻略系でもあるし、建国宣言なんて大ネタを掘

り当てたんなら、それをやらない選択肢はない気がするわ』

『それでー、ゲームドールズさんとユニッツさんでお話し合いしてる感じですかー？』

揉めてるって言ってもゲームの中だし、ゲーム上で決着をつけるのかな？　いや、ＰＶＰとかって、限定スタートしてたゲームドールズの方が有利だよなあ。

『フォーラムを見る限りでは、未《いま》だ交渉中のようだのう』

「うーん、事情は大体わかりましたけど、とりあえず困ることはなさそう？」

『そうね。でも、ライブ中に建国宣言をしたらしくって、それが広まればショウ君のところも建国宣言できるんじゃないかって推測されるわよ？』

あー……

「いやいや、されても別に『しないです』って話なので」

『そうですよ。新人さんがショウ君の島に来ちゃうかもしれないって話になって、なしになりましたし』

『だが、ミオン殿も兄上の島へ行けるようになるのだぞ？』

『…………ダメです』

ごめん。ちょっとホッとした……

【無人島実況】ミオンのチャンネル（仮）【ショウ君&ルピちゃん】
【まったり視聴者】
今日もまた濃ゆい内容だったな。
【まったり視聴者】
大根が辛かったばかりに……
【まったり視聴者】
糞ポップじゃなくてバグだったんだな。
俺ならそのままフォーラムに愚痴って終わりな気がするw
【まったり視聴者】
一応準備してたって話だけど、確かに装備変わってるね。
割と一般的なデザインだけど、他のプレイヤーの動画とか見てるのかな？
【まったり視聴者】
お、ちょうどその質問だ。
【まったり視聴者】
動画見て参考にしたって、裁縫スキルあれば簡単にできるもんなの？
【まったり視聴者】
裁縫スキルがそれなりにあればですかね。現物を型紙がわりにできますし。
鉄板に関しては鍛冶の方ですけど。

【まったり視聴者】
両方とも自分でできるもんな。できないとダメなんだろうけどｗ
【まったり視聴者】
麻痺ナイフ当たって形態変化したらしいけど、蓄積ダメージで変化したの？
それとも状態異常になったから変化した？
【まったり視聴者】
ルピちゃんの裂傷と二重に掛かったからって線はどうかな？
【まったり視聴者】
ああ、そういうパターンもありかー。
【まったり視聴者】
そこからさらに光の精霊で目潰しも入ったし、熊からしたら堪《たま》ったもんじゃないなｗ
【まったり視聴者】
最後は海に真っ逆さまだしなｗ
【まったり視聴者】
しかし、ノリがいいのかホントにライブで飛び込むし……
結構、高かったよね？
【まったり視聴者】
三メートルはあった気がするし、家の二階から飛び降りるくらい？　……高いな。

【まったり視聴者】
高いのもそうだけど、水の中寒くないの？
王国だと泳げる場所って川になるんだけど、なんか……ねえ。
【まったり視聴者】
下水普通に流れ込んでるからねえ。
だいぶ上流まで行くと、ホント清流って感じだけど。
【まったり視聴者】
湖で泳いだことはあるよ。
結論から言うと、水泳スキルが1でもあれば平気。ないと普通に冷たい。
【まったり視聴者】
へー、水泳スキルの有無か。面白いなあ。
SP1だっけ？　俺も取っておくかな。
【まったり視聴者】
飯テロなかったのが残念やで。
飲みながら見ようとワインは空っぽやけどな。
【まったり視聴者】
同士がここにもいたか。
IRO内の酒は飲み過ぎても翌日に響かないのがいいよね。

【まったり視聴者】

そのまま戦闘に行くなよ？

酩酊《めいてい》の状態異常が最大までいくとモザイクかかった何かをリバースするからな？（経験者談）

【まったり視聴者】

マジか……

【まったり視聴者】

お、来週もやるのかな？

何気にここ最近で一番待ち遠しい配信だよ。

【まったり視聴者】

わかるー。

作業しながら見れるのいいよね。

【まったり視聴者】

は？

【まったり視聴者】

え、なにそれ？

【まったり視聴者】

ちょ、どういうこと!?

☆☆☆参戦バーチャルアイドルについて語らう☆☆☆

【推しが尊い冒険者】

ちょっと整理しよう。

・ゲームドールズの北条ハルネちゃんとお仲間が開拓を進めた。

・そこにユニッツのカッフェくんたちも合流してた。

・レディーファーストだよねってことで、ゲールズ用の家を建設。

・ハルネちゃんがマイホームに設定したら【建国宣言が可能です。宣言しますか？】と出た。

・メンバーたちと相談して、しばらく悩んだのちに宣言した。

【推しが尊い冒険者】

開拓地って依頼主の所属じゃないの？　王国だと依頼した伯爵様の領地扱いなんだけど。

【推しが尊い冒険者】

ハルネちゃんたちは見つけた古代遺跡のあたりを独自に開拓してたからじゃね？

【推しが尊い冒険者】

へえ、自力で開拓すれば自分の土地って言えるのか……

【推しが尊い冒険者】

ユニッツは建国宣言に怒ったんだよね？

【推しが尊い冒険者】

うーん、相談もせずにって抗議くらいはしただろうけど、怒ってはいないような？

【推しが尊い冒険者】
怒ってたのはユニッツのファンの子たちだな。
ハルネちゃんが女王になるわけで、そこに属するみたいな形になっちゃうだろうし。
【推しが尊い冒険者】
え？　建国宣言だけでその場にいると国民になっちゃうの？
【推しが尊い冒険者】
いや、そういうわけではないです。
私は全然どっちにも関係なく、素材集めに行ってたんですが、所属はそのままです。
【推しが尊い冒険者】
んー、じゃあ、なんで揉めるの？
そのまま仲良く開拓続ければいいだけなのでは？
嫌なら立ち去れば……ってのは酷いか。
【推しが尊い冒険者】
なんというかその……どっちが上だとか下だとかそういう話にですね。
【推しが尊い冒険者】
あー……面倒くさそうな話だな。で、まだ協議中って感じ？
【推しが尊い冒険者】
みたいですね。私は付き合ってられないので、そろそろ共和国の方に戻ろうかと。

【推しが尊い冒険者】

おつおつ。まあ、穏便な結果に落ち着くことを願うよ。

バーチャルアイドル同士、ファン同士いがみ合っててもね……


【推しが尊い冒険者】

決着したっぽい。

なんか、ハルネちゃんとカッフェくん握手してるな。

後ろのファン、どっちもめっちゃ渋い顔してるけど。

【推しが尊い冒険者】

でもまあ、これでプレイヤーによる国家運営が現実的になってきたな。

【推しが尊い冒険者】

うまくやっていけるのか不安しかないんだが……

【推しが尊い冒険者】

国家運営とかってどうなるんだろうな?

プレイヤーズギルドはメンバー管理とかできるんだよね?

【推しが尊い冒険者】

ギルカを発行する魔導具でできますね。

予算管理とか倉庫整理とかは実際にプレイヤーがやるか、ＮＰＣを雇うかしないとです。

【推しが尊い冒険者】

結構大変やなあ。やってけるもんなん？

【推しが尊い冒険者】

そんなに難しく考える必要はないですよ。

ちゃんとしたＮＰＣを雇って、方針を伝えて任せれば大丈夫なので。

プレイヤーがやれば、その分の人件費は安く済みますけど。

【推しが尊い冒険者】

女王としてハルネちゃん。あと大臣？　宰相？　そういうのをメンバーがやって、騎士団とか役人をファンがやるとかそういう感じになるんかな。

【推しが尊い冒険者】

ゲームドールズとユニッツの合意内容がわかったから書くよ。

建国に関しては取り消しもできないので続行。これは仕方ないとのこと。

その上で、ユニッツは自治領をもらう形になるそうだ。

【推しが尊い冒険者】

自治領か。辺境伯とかそういう感じなのかね。

また上か下かとかで揉めたら、公国みたいに分離独立しそうだな……

03　日曜日　生存圏の拡大・防衛

宿題を予定通りこなしてからログインし、蔵の壁作りの続きを。

ミオンがフォーラムを見て、昨日の建国宣言がその後どうなったか教えてくれた。

揉めはしたけど、結局、落ち着くところに落ち着いた的な？

「へー、って言いたいところだけど、自治領って言えるほど広い場所あるのかな？」

『共和国の街との境目だそうですよ』

それって共和国から攻められた時の防波堤なんじゃ……

「まあ、ベル部長たちとも関係なさそうで何よりかな」

『はい。あ、あとショウ君が予想してたことは当たってたみたいです』

「え？　俺が予想してたこと？」

『スタート地点として選択できるそうですよ』

「マジか。危ないところだった……」

やっぱり国として認識されるとってあたりなのかな。

あの時ノリで宣言してたら……、確実に何人かは来てた気がするな。

「ん？　そいや、スタート地点って前にできた公国も選択できるの？」

『いえ、パルテーム公国はダメだそうです。帝国もそうですが、選んでも戦争中と出て、決定できないと』

「へー……。で、俺が建国宣言できるかもって話になってたりする？」

『はい。でも、できるけどやってないんだろうなって』

「そりゃ良かった」

どうやら見てくれてる人たちも理解してくれてる感じかな。

次のライブで質問が出たらそう答えるつもりだったけど、さらっと答えても問題なさそう。

「ふう、半分は超えたかな？」

『かなり積み上がりましたね』

肩までの高さに積み上がったのは、例のレッドアーマーベアから作ったマントのおかげ。

「ふう、ちょっと休憩するか」

「ワフ」

「ルピ、いつもの？」

「ワフン」

グリーンベリーをフェアリーに届けるのはいいんだけど、ホントに何してるんだろ？

蔵作りが落ち着いたら、俺も一回付き合うか……

『そういえば、ショウ君。チャンネルの名前はどうしましょう？』

「あー……」

セスに正論で返されてから、全然考えてなかったなあ。

「ごめん、考えてなかった。もう少し考えるけど、思い浮かばなかったらミオンが決めちゃって」

『はい』

自分が全くアイデアを出せないのに「それはちょっと」って言うのもどうかと思うし、ミオンのチャンネルなんだから、ミオンが好きに決めていいよな。

『あと装備にスキルの補正がかかる話ですけど、もうすでにあるようですよ。元素魔法にプラス補正のある杖《つえ》の話が多かったです』

「あ、そうなんだ。なんかちょっとビビりすぎだったかな」

『でも、今は＋1しかなくて、ショウ君の＋2はかなり珍しい方かと』

「うっ、なるほど。でもまあ、あのエリアボスを倒したんだから、それぐらいはいいよな」

『ですね』

あれ？　でも、ベル部長って……

「なんか前にベル部長が『エリアボスはドロップが渋い』とか言ってなかったっけ？」

『言ってました。モンスターが違ったからでしょうか？』

「ああ、そうか。レッドアーマーベアじゃないんだっけ」

オーガだっけ？　まあなんか物理がすごい相手だったらしいけど。

「ま、夜にでも聞いてみるか」

さて、あともう一段をなんとか積んで、次の回復待ちは足場を作ってからかな……

「よし、これであとは梁を渡して、屋根を載せればオッケー！」

『お疲れ様です！』

簡単な足場も組んで、高さおよそ三メートルの石壁積みが終了。

一番上の段は梁を渡せるように凹んだ部分も用意してあるし、あとは……


【ワールドクエストが更新されました！】


「え？　また？」

『何が起きたんでしょうか？』

前の更新があったのって金曜だっけ？

ちょっと早すぎだと思うんだけど、何があったんだろうとメニューから詳細を確認してみる。

【ワールドクエスト：生存圏の拡大・防衛】

『グラニア帝国とパルテーム公国の停戦協議は早期合意に至った。なぜか？

それは大陸各所にて、大規模なモンスターの氾濫の兆候が見られたからだった。

目的：新たな街の開発とモンスターからの防衛。達成状況：72％』

「うわ、マジか。これ、ベル部長たち大変なんじゃ……」

『どうしましょう？』

「どうって言われてもなぁ。今ってライブ前の準備中だよね？　午後四時ぐらい？」

こっちの作業はキリのいいところまで進んだし、続きが夜でもあんまり変わりないと思う。

『はい、四時前です』

「じゃ、いったん部室に行くよ。続きは夜にできるし」

『わかりました』

「ルピ。また走って帰るぞ！」

「ワフッ！」


「ただいま」

『お帰りなさい。部長から部室グループ限定ライブのお誘いが来てます』

「りょ」

俺とミオンは特に応援することぐらいしかできないと思うんだけど。と、ライブ映像が映し出された。場所は……どこだここ？

「ちわっす」

『おお、兄上！』

『あら、早かったわね』

『あの……伝えたいことがあるからライブの招待が来たんじゃないんですか？』

『すまんのミオン殿。急《せ》かしたのは我の方だ。ワールドクエストが更新された中身は知っておると思うのだが、兄上に了承しておいてもらいたいことがあっての』

「え？　俺に何を？」

『今日のライブはここ南西部の予定であったが、どうやら「モンスターの氾濫」とやらに対抗する戦力が足りないようなのでな。ナット殿とその友人に手助けを願っても良いか？』

「ああ、そういう。って、俺に断らなくていいぞ。あいつがオッケーってんならな」

妙なところで義理堅いというか、筋を通す癖がついてるのは母さんのせいか？

勝手にやるよりは全然いいんだけど、その気づかいを普段でもって感じだ。

『うむうむ。ポリー殿はキャラレベルも考えて、アミエラ領の開発拠点で生産組といてもらうことにしようと思っておる』

『部長やセスちゃんたちがいなくて大丈夫なんでしょうか？』

『ゴルドお姉様は残るし、生産組だって純生産のディマリアさん以外はかなり強いわよ。それに何よりレオナさんがいてくれるわ』

ああ、そりゃ心強いや。

当然、雷帝レオナ親衛隊もいるだろうし、なんかもう無双する姿しか見えてこない。

「りょっす。話はそれだけですか？」

『ときに兄上。このモンスターの氾濫とやらはどう思う？』

「ん？　まあ、普通に考えたら、モンスターが大量に発生して開拓地に押し寄せるんじゃないの？」

タワーディフェンスならぬベースディフェンス？

開拓拠点に街壁造って大正解ってことか。セスの奴、これ予想してたのか？

『一日、いや、今夜だけで終わる可能性についてはどうだ？』

「うっ、微妙だな。連休中にこのイベントぶつけてきたって気がするし……」

『まさか連休中ずっと続くんでしょうか？』

『その可能性もあるかもしれないわね』

えー、俺の無人島は関係ないからいいけど、ミオンの家に行くまでに片付いてくれないと、セスが離れられなくなるんだけど……

◇◇◇

美姫に頼まれ、早めの夕食。

お手軽酢豚にザーサイを添えて。なお、パイナップルは『あり』なのが我が家流。

「最初はなんでだよって思ったけど、意外と美味いよな。酢豚にパイナップル」

「うむ。ほどよい酸味がしつこくなった口内を爽やかにしてくれるしのう」

ミオンの家で中華を作らなきゃなので、しばらく中華の練習というか……思い出しつつ。

油で揚げたりはせず、ごま油で香ばしく焼くだけの方。ケチャップよりは黒酢派でもある。

「ごちそうさまでした！」

「お粗末さま。あとやっとくからＩＲＯ行ってこい」

「すまぬの、兄上。礼はいずれ精神的に」

ミオンち行くのに付き合ってくれるだけで十分だよ。

あとナットとベル部長の面倒見といてくれ……


『ひょっとして練習してくれてるんですか？』

「え？　ああ、今日の晩飯？」

『はい』

美姫のサエズッター、俺の飯しかあがってないわけじゃないよな？

「練習っていうか思い出してる感じかなあ。酢豚も久しぶりに作った気がするし」

中華って周期的にすごく食べたくなる時があって、それを過ぎるとそうでもないんだよな。

美姫も同じらしいから、これは日本人共通なのかもしれない……

「そういや、酢豚にパイナップル入ってて大丈夫？」

『はい、大丈夫ですよ。私も好きです』

「おけ。あとダメな食べ物とかあったら教えて。アレルギーとか」

そんな話をしつつ、屋根に梁を渡す作業中。二人いれば「せーの」で持ち上げて渡せるんだけど、一人なので片方に乗せてから、もう一方に渡す感じのやつ。

大きな木二本から作った八本の梁を渡して、あとは石天井を被せるだけ。

『ショウ君、少し傾いてませんか？』

「あ、うん。斜面と同じ方向に少しだけ傾けてあるよ。雨降った時のためにね」

『わざとなんですね。すごいです！』

いや、えっと、そんなすごいことじゃないです……

ばっちり水平にしてもいいんだけど、凹凸があって屋根の上に水溜《みずた》まりができるよりは、片側に流した方が楽だと思っただけだし。

あとは雨どいも作っておいた方がいいかも？　仙人竹使えばあっさりできるかな。

「ベル部長たちは大丈夫そう？」

『はい。まだモンスターが来たりはしてないみたいですね』

ミオンにはスタジオで俺の配信を見つつ、たまにベル部長のライブも見てもらってる。

「じゃ、防衛の準備中？」

『はい。……石壁を造ってますよ』

「ぶっ！」

あぶね。梁の木材落としかけた……

「セスとナットは？」

『セスちゃんは巡回ですね。ナットさんたちは足場と、石壁が間に合わなそうなところには木の柵を作ってる感じです』

「なるほど。大工取ってたの役に立ってるなあ」

壁があればセーフゾーンが広がる話もあったし、まずは備えてってことか。

さすがにモンスターの襲撃が四六時中続くとは思えないけど、時間帯によってはプレイヤー数も減るだろう。その時に街壁が役に立つことになるはず……

「よし、梁渡し終わった。今、九時前ぐらい？」

『ですね。今日中に終わりそうですか？』

「多分、一〇時までに終わるんじゃないかな。このマントのMP回復がやばいよ」

一〇秒でMP三回復。一分でMP一八回復なので、今までの一八倍。

二分ほどで石壁一つ分回復するので、作って、置いて、位置合わせして、目地材塗ってってやってる間にほぼ回復しちゃうっていう……

『部長のローブよりもいいみたいですよ』

「マジで？」

『はい。部長のは三〇秒でMP八回復だそうです。アミエラ領が面している山で飼育しているヤギさんの毛だそうですよ』

ヤギっていうと……カシミア？　なんか、天然カシミアってすっごくお高い気がするんだけど、IROだとそうでもないのかな？　って、そうじゃない。一分での回復は部長のが一六で俺のが一八だから、確かに俺の方が上か……

『あっ！　モンスターが現れたようです！』

「何が出てきたの？」

『ゴブリンですけど……かなりの数に見えます』

最初のウェーブは雑魚《ざこ》を無策に突っ込ませるお約束な感じか。

新規さんも増え続けてるっていう話だし、そういう人たちの活躍の場かな？

それともう一つ、ちょっとだけ気になってたのが、

「やっぱりこの島はワールドクエスト関係ないっぽいね」

『みたいですね』

「良かったよ。この島でも防衛戦ってなったら、ミオンの家に行くのどうしようかと……」

最悪、その日は鍛冶場の部屋にルピとこもってやり過ごそうとか考えてたけど。

ともかく、ここが問題ないなら、まったり蔵造りの続き……

いや、部長のライブは一〇時までだし、ここでごろんと横になって、一時的に落ちるか。

「俺もライブ見たいし、しばらくログアウトするよ」

『あ、はい。じゃ、スタジオで待ってますね』

「うん。ルピ、いったん帰るけどごめんな」

「ワフン」


「ただいま。どう？」

『お帰りなさい。みなさん、余裕みたいです』

「あらら。いやまあ、最初はそんなもんか」

『そうなんですか？』

ああ、そっか。ミオンは見る専だし、タワーディフェンスやったことないのかな。

この手のは最初のウェーブは優しくて、段々と敵が増えたり強くなったり、特殊なのが出てきたり……要するに防衛が難しくなることを説明。

「なんでまあ、今日は運営側も様子見なんじゃない？」

『なるほどです。今日始まると聞いて、すぐに来られない人もいそうですよね』

「あ、それもあるか。プレイヤーにできるだけ遊んでもらうってなると、深夜から朝にかけてはあんまり来ないかもね」

それでも防壁のあるなしは大きい気がするな。

「そういえば、NPCはいる？」

『はい。冒険者というよりは狩人《かりゅうど》みたいな人たちですね。みなさん弓で戦うみたいです』

ああ、もともと狩りで生活してた人たちもいるよなあ。

そういうNPCなら近づいてくるモンスターに適当に攻撃してくれるだろうし。

『撃て！』

よく通る声が響き、壁の裏、足場の上に立っていたプレイヤーやNPCが一斉に矢を放つ。

「うわ、すげえ」

矢の雨が降り注ぎ、迫ってきた第一ウェーブの前列は総崩れ。後列が避《よ》けきれず衝突する。

『いくわよ！』

凛《りん》としたベル部長の声が響き、火球がまっすぐに飛んでいって爆《は》ぜた。

「すげぇ……、俺がアーマーベアに撃った火球と全然威力が違うんだけど？」

『まるで映画みたいな爆発でしたね……』

その一撃の威力にコメントが投げ銭で埋まる。火球一発で一万円稼ぐ女子高生……

『偵察頼む』

『おう！』

ナットがフレにそう話しかけると、その肩に止まっていた隼《はやぶさ》っぽい鳥が飛び立った。

「あの鳥もテイムした相棒かな？」

『だと思います。ショウ君のおかげですね！』

「いや、まあ、うん。早めに広まって良かったよ……」

上空から偵察できるのはちょっと羨ましい。

ま、俺にはルピがいるからいいけどね。

「うーん、最初だからだろうけど、かなり余裕だなあ」

『ですね』

ベル部長の火球がすごいなと思ったけど、割と他の魔術士もそれぐらいの火球は撃てるみたいで、近づいてくるゴブリンは弓矢と元素魔法で削られていく。

『このターンは我の出番はなさそうだのう』

門の前にスタンバっているセスが腕組みをしてそんなことを呟《つぶや》いている。

あれをくぐり抜けてくる敵なんていないるのか？　って感じだし。

「……ＩＲＯ戻ろうかな」

『そうですね。ショウ君の予想通りなら、今日は大丈夫じゃないでしょうか？』

「だよな。あ、いいんちょとギルドの人たちが残ってるアミエラ領の方は大丈夫かな？」

多分、レオナ様が配信してると思うんだけど……

『レオナさんの配信、映しますね』

「さんきゅ」

映し出されたのは、前のベル部長のライブで見た石壁。

こっちの方がしっかり作られてるし、参加してる人数も圧倒的に多いかな。

『あ、ポリーさんです』

レオナ様が注視してるのは、街壁の裏に建てられた足場に並ぶ弓を構えた人たち。

その中に銀髪ポニテのいいんちょ、もとい、ポリーの姿が映る。

「敵は同じかな？」

カメラ、街壁の向こう映さないかなあと思ってたら、レオナ様が一足飛びで足場に登り、ポリーの隣に立つ。

そこから見えるゴブリンたちだけど、もう結構な数が倒されている感じ。

『あ、ポリーさんが撃ちますよ』

「おお、さすが！　一発で胸を撃ち抜いてるし」

とはいえ、こっちには魔術士が少ないようで、矢の雨を抜けてきたゴブリンが近づいてくる。

『弓は後列を狙え！　近接部隊！　行くぞ！』

レオナ様親衛隊長のダッズさんの声が響き、レオナ様も石壁をひょいと乗り越えて飛び降りる。

結構高いんだけど大丈夫なのかとか思う前にすんなりと着地し、そこから始まる蹂躙劇……

「強すぎじゃない？」

『すごいですね……』

レベル差を考えたら当然なんだけど、すれ違うだけでゴブリンがバタバタと倒れていく。

「お、あれは師匠！」

『ジンベエさんですね！』

棍棒《こんぼう》をしっかりと小盾で受け流してから、バッサリ倒していく安定した戦闘スタイル。

うーん、渋くてかっこいい。これは見習いたいところ……

「なんか、こっちも全然余裕っぽいね」

『ですね』

……ＩＲＯ戻ろ。


「よし、大丈夫そうだな」

ぐるっと囲った蔵の壁を押してみたりして、ぐらつかないかを確認。

渡し終わった梁にロープをかけてぶら下がってみたりしたけど、こちらも問題なさそう。

『いよいよ屋根ですね』

「ぱぱっとやって、今日はこっちでログアウトしたいかな」

『あの……、一日様子を見た方が良くないですか？』

……寝てる時に石の屋根が落ちてきたら、次のログインはリスポーンして洞窟？

「うん、様子見に変更で。てか、雨降った後とかにどうなるのかも見ないと危ないよな」

『です』

大丈夫だとは思うけど、コンクリ埋め込んだ基礎があるような作りでもないし、地滑りとかしたら一発で砕けそう。

とはいえ、今から基礎を入れるわけにもいかないし、やっぱり物置として使うしかないか……


「完成！」

『お疲れ様です！　すごくしっかりした蔵に見えますよ』

「さんきゅ。これでようやっと山小屋の方のリフォームに取り掛かれる」

ルピのマナエイド、あとマントでＭＰ回復が劇的に向上したのがでかかったな。

これで連休中に山小屋リフォームって目標は余裕でクリアできそう。

蔵の正面に立って出来上がったそれを眺める。なかなかに感慨深い。ゲームとはいえ、これを自分一人で作ったんだよなっていう達成感がじわじわと来て、思わずにやけてしまう。

「っと、中に入って確認しないとだな」

『壁と屋根の間に隙間があるのはわざとですか？』

「うん。窓がないから、完全に閉じちゃうと空気が澱《よど》むしね。あと、中に燻製部屋作った時に煙を外に出せたりするし」

手前は道具置き場にして、奥に燻製部屋作るか。

ただ、木材を長いまま真っ直ぐ置きたくもあるし、ちょっと間取りとか考えないとか……

『ショウ君？』

「ああ、ごめんごめん。ちょっと間取りとか考えてた」

見上げた天井からは漏れる光もなく、隙間はきっちりと埋めてある。

白粘土で貼り合わせた上に、細長い石壁を貼りつけてあるので、雨漏りもしないはず。

「ワフ！」

「お、ルピおかえり。って……」

背中に乗ってるのは前に見たフェアリー。

ルピが俺の前でお座りしたところで、ふわ～っと飛んできて肩に座る。

「～～～♪」

「はいはい。グリーンベリーね」

在庫は増やしたのでいいんだけど、ログインするたびに五個ずつ取られてる気がする。

『言葉が通じないのが大変ですね』

「だよな。スキルに妖精言語とかあるのかな？　あっても大変そうだけど……」

『先生が解読してくれたりしないでしょうか？』

国語の先生ってそんなことまでできるの？

なんか、ヤタ先生ならできなくもなさそうだけど……

「〜〜？」

「ん？」

ペンダントとしてぶら下げてる光の精霊が宿った精霊石が気になる模様。

妖精と精霊ってやっぱり相性が良いとかそういうのなのかな？

「これは……」

もう一回、光の精霊が宿った精霊石を作るのは難しくないと思うけど、今のこれを手放すのは、なんというか……

「ごめん。これはあげられないから」

「〜〜！」

が、首をブンブンと横に振るフェアリー。

『違うみたいですね。魔石か魔晶石が欲しいんでしょうか？』

「魔石か魔晶石か。コップに入れて洞窟に置きっぱに……あ！」

前に実験というか検証した時に、魔晶石になってたやつだけはインベに入れてたような……

「あった。これ？」

「〜〜〜♪」

それを見てぐっとサムズアップしたかと思うと、

『あっ！』

両手にそれを抱えて飛んでいってしまった。

えーっと……盗《と》られたってこと？　いや、あげるつもりだったたし、別に良いんだけど。

「持ってって何するんだろ？」

『フェアリーちゃんなら、あのサイズでも十分MPを溜めておけるとかでしょうか？』

「ああ、そうか。でも、溜めて何に使うんだろ？」

『そうですよね……』

なんかもう、単純に光るものが好きとかの方が納得する感じだけど……

それってカラスと変わんないよな。


片付けして、今日は終わりにしようかなと思ってたら、

『ショウ君。部長とセスちゃんから、配信を見たいって話が来てますけど』

「あ、うん、いいよ」

『もう見せちゃっていいんですか？』

「隠せるものでもないし、完成したしね」

途中だったらちょっと渋ったかもだけど、この出来なら問題ないかな。

『兄上、見に来たぞ！』

『……またやらかしてるじゃない』

「やらかしって、これはただの石造りの蔵っすよ」

とはいうものの、ミオンがリストに載せてそうな予感はある。

『さすが兄上よの。それよりも、そのマントの方が気になるのだが？』

「ああ、これか。レッドアーマーベアの革で作ったんだよ。ちょっとすごいぞ」

と、鑑定結果を見せる。


【赤鎧熊の良質なフード付きマント】

『レッドアーマーベアの革から作られたフード付きマント。しなやかさと強靭さを持つ良品。

防御力＋23。ＭＰ回復10秒毎＋３。気配遮断スキル＋２』

『やっぱりやらかしじゃないの！』

『すごいですよ。部長』

『ふーむ、エリアボスにも当たり外れがあるということかのう……』

「ああ、それなんだけどさ。素材のままだと効果がわかんないし、加工した方がいいぞ。お前も何か持ってるんだろ？」

セスもベル部長、レオナ様たちとエリアボスを倒したって話だし、その時のドロップ品があるはず。売ってなければだけど。

『ウルクの角というのを持っておるぞ。戦利品は二本だったゆえ、レオナ殿と分け合ったのだ』

と得意げなセス。

その他、中サイズの魔石はベル部長、毛皮はダッズさんたちに譲ったそうだ。

『部長の魔石は魔晶石にですか？』

『ええ、純魔はＭＰの予備を持っておきたいもの。中サイズなら二〇〇ほど溜めておけていいわよ』

二〇〇っていうと石壁レンガ六、七個分になるし、結構多いな。

俺もレッドアーマーベアの魔石、古代遺跡パワーで浄化して、ＭＰバッテリーとして使おうかな。

いやいや、あれは精霊の新しい住処《すみか》に……

それはそれとして、

「その角、何か身につける物に加工してもらってみ？　俺のマントも素材の時は何も出てなかったけど、マントにしたらいろいろついたし」

『ほほう！　では、さっそく明日にでもシーズン殿に頼むとしよう！』

『うまくいったらレオナさんにも伝えてもいいかしら？』

「もちろん。てか、できれば早く広めてください」

『了解よ。一応、セスちゃんの結果を見てからね』

まあ、そりゃそうか。適当言ってダメにしちゃったら申し訳ないし。

『部長。毛皮をもらった人たちは加工もまだですか？』

『そうね。親衛隊の人たちは、金属鎧の方に偏ってる気がするし、今は余裕がないから、まだだと思うのだけれど』

『でしたら、素材加工スキルも考慮した方がいいかもです』

ああ、そっか。

俺って素材加工スキルも7あって、そこが隠しパラメータを上げてる可能性もあるのか……

『ふむ。革にする段階でも何かしら影響があるのではと？』

『はい。ショウ君、素材加工スキルが7ですし』

『どうやってそんなに上げたのよ……』

どうやってって言われても、必要なもの用意しようとしてたら上がってたとしか。

まあ、一つあるとしたら、

「鍛冶の時も思ったんですけど、やっぱ同じことを繰り返すよりも、違うことをあれこれやる方がスキルレベル上がるの早いんじゃないですか？」

確か、師匠もそんなことを言ってたとかいう話をした気がする。

『兄上ほど、いろいろな事に手を出してるプレイヤーはおらんからのう』

「必要だからやってるだけだっての。それより、開拓地の防衛の方は大丈夫なのか？」

『心配いらないわよ。南西部の開拓地、ラシャード領には今から深夜にかけての人が多いみたいで、交代してきたわ』

あの場所には仕事で帰りの遅い人たちが多いそうで、その人たちにバトンタッチしてきたそうだ。

『我の予想では明後日の夕方か夜が本番ではないかの。それまでは、まだキャラレベル10に届いておらんプレイヤーのサポートが良かろう』

『ええ、そのつもりよ』

そういうことらしいので、俺としては特に……

「そういえば、南東側の開拓地はどうなったんです？」

『王国は完全に撤退したわよ。建国されたパルテーム公国もよくわからないし、帝国と公国が停戦して難民も帰国しつつあるもの』

『あの古代遺跡の塔は惜しいが、無理をするタイミングではないのう』

まあ、帰れるんだったら帰るって人の方が多いよな。残る人もそれなりにいるだろうけど、北西側のアミエラ領と、南西側のラシャード領があれば大丈夫らしい。

「よっと。片付けするか」

『今日は終わりにしますか？』

「うん。明日は山小屋に取り掛かるつもりだし、今日は早めに落ちるよ」

ということで、さっそく大工道具は蔵の中に。

明日こっち来る時に、他の道具類も全部持ってこよう。

さすがに一日で改築はちょっと厳しいよな。月火の二日で終わらせて……水曜日はミオンちにかないとだっけ。

『兄上、まだ質問は終わっておらんぞ』

「え？　なんかあんの？」

『作ったのはそのマントだけではないでしょう？』

あ、はい……

追加で説明したのは、同じくレッドアーマーベアの革で作ったブーツ。でも、作ったのってマントとブーツだけなんだよな。

あとは、この石造りの蔵をどういう手順で作ったかをざっくりと説明。

後から、地下に基礎がわりの石壁を埋めるべきだったなあとか、いろいろと反省点も伝えたんだけど、

『基礎を埋めるって……。アミエラ領の石壁だって、そのまま積んでるだけよ？』

とのこと。

そこまで気にする必要ないのかな？　でも、あの無人島は火山島でもあるし、やっぱ地震対策しっかりしとくべきだったよな。

「で、明日からは山小屋の方を改築する予定ですね」

『え？　改築って建て直すつもりなの!?』

「いやいや、二階の木造部分がかなり傷んでるから、そっちを新しくする程度で」

上は全部取っ払う予定だけど、四方の柱だけは多分残すことになるかな？　使える部分は再利用しつつ、手早く直したいところ。

明日、明後日と晴れてくれると良いんだけど……

04　月曜日　妖精さんがやってくれました

「ふう……」

連休で出された宿題を終えてほっと一息。隣のミオンはまだもう少しかな？

『終わりました』

「お疲れ」

「二人とも偉いですねー」

とヤタ先生が褒めてくれるんだけど、そのニッコリのまま視線はベル部長の机に……

その机の上には「ちょっと様子を見て、大丈夫そうなら戻ります」というメモが。

『ショウ君、ＩＲＯ行きますか？』

「あ、その前に明日出す動画って大丈夫？　まだなら手伝うんだけど」

『大丈夫ですよ。もうできてますから見てもらって良いですか？　先生もお願いします』

ミオンっていつ編集してるんだろ？　今日とかだとやっぱり午前中？

俺は掃除、洗濯、買い出しと時間使っちゃったけど、そういう間にってことかな。

中身は例のエリアボス、レッドアーマーベアとの戦闘の一部始終。ちょっともたついてるあたりはしっかり端折《はしょ》ってあって、一〇分弱に収まっている。

「よくまとまってますねー。良いと思いますよー」

「うん。土曜にライブで説明したし、バッチリだと思う」

『はい。じゃ、忘れないうちに予約投稿しておきますね』

普段は学校があるので、午後五時ぐらいに投稿してるんだけど、その時間と大きくずれないようにって感じかな。

「そういえばー、チャンネル名は考えましたかー？」

「まだっす……」

昨日は布団に入っていろいろと考えてるうちに……寝てた。

『いくつか考えてますが、もう少し……』

「はいー。まあ、鉄の楯《たて》は最初ですし、デフォルトのままにしておくのもありかもですよー。今のペースでいけば、次の銀の楯ももらえると思いますしー」

銀の楯がチャンネル登録者数五〇万人、その次が金の楯で一〇〇万人。プラチナ、ダイアモンドと続くらしい……

ちなみに、ベル部長はもうすぐ銀の楯をもらえるぐらい。雷帝レオナや氷姫アンシアといった四天王は金の楯をクリアしてたはず。

『予約終わりました。行きましょう』

「あ、うん」

「いってらっしゃいー。先生も見せてもらいますねー」

見るのは全然良いんですが、ヤタ先生、連休のお昼から暇してて良いのかな……

さくっとルピとご飯を済ませ、荷物を持って階段を上ってる途中。

調理道具だけはまだあっちに残すけど、採掘のためのツルハシや、ロープにする前の蔓、未加工の皮、干しチャガタケなどなど……重い。

『山小屋のリフォームが終わったら引っ越しですよね？』

「うん。あっちで寝起きできて、石窯も作れたらかな。あの山小屋がセーフゾーンになってくれると良いんだけど」

セスやナット曰く、開拓地に家を建てて住み始めると、その家の分だけセーフゾーンができたらしい。で、周囲に壁を巡らせると、そこに向かってセーフゾーンが徐々に広がるんだとか。

「ワフッ！」

出口の明かりが見えて駆け出すルピ。元気だし可愛い。

まずは荷物を蔵へと。やっぱり、広く作っといて正解だったな。

〈これを一人で作ったんですねー〉

『一晩たってどうですか？』

「うん。特に問題はなさそうかな。雨が降ってみないとって話もあるけど、山小屋を改築してる間は天気が続いて欲しいし」

『そうなんですよね』

確かじいちゃんが「大工殺すにゃ刃物はいらぬ。雨の三日も降ればいい」とかことわざを言ってたよな。ことわざっていうか川柳？　でもないか。

「よし。やるか」

『ショウ君、今日の予定を教えてください』

「おけ。まずは左手側に土間を作る予定。これは蔵ほど大きくはしないから、すぐ終わるはず。次に木材を先に集めておこうかなって。余分にあっても困らないし、四、五本分は確保して、その加工で大工のレベルが上がってくれればなお良しって感じ」

そのあとは、まず屋根を外して下ろしてから、壁板を外してって流れで。

四方の柱は壁板外してから大丈夫か確認し直し。外側から見る分には大丈夫そうだけど、虫食いになってるかもしれないし……

「ワフ」

「あ、うん。気をつけてな」

いつものっぽいので、グリーンベリーを五つ、ルピの首にぶら下げてあるポーチに入れる。

楽しそうに走っていくし、俺が遊んであげられてないのもあるからなあ。

さっさと改築終わらせないと……

【大工スキルのレベルが上がりました！】

「ふー、これでやっと3か」

『おめでとうございます！』

「さんきゅ」

左手側の土間はあっさりと終了。蔵の床と同じで石畳を敷くだけだし、今回はマントのおかげもあってサクサク。途中で元素魔法のスキルレベルが5になった。

なお、ベル部長はいったん戻ってきたところで捕まった模様。ヤタ先生がにこやかに退出していきましたとさ……

その後は、木を切り倒しては加工して木材にっていう作業を数回。

「あ、しまった。今って五時前ぐらい？」

『はい。もうすぐ五時ですね』

「やべ。そろそろ夕飯の支度しないと」

まあ、今日は炒飯《チャーハン》と青椒肉絲《チンジャオロース》なんで、ぱぱっと作れるか。

「洞窟戻らないとだな。って、ルピどこ？」

「ワフ」

「ああ、ごめんごめん」

いつの間にか足元にいたルピ。

ほっぺを両手でわしわしがお気に入りなんだけど……

「クゥ〜」

『いつもと違います？』

いつもなら目を細めてくれるんだけど、いやいやモード？

「えっと、どうした？」

「ワフ」

手を離すと、前足でポーチをちょいちょいと揺らす。

渡してあったグリーンベリー、ダメなやつが入ってたとか？　一回取り出して確認を……

「え？」

『それって昨日の魔晶石でしょうか？』

「あ、ああ、それか。でも、なんか色が……って鑑定だ」


【精霊石（極小）：樹】

『樹の精霊が宿った魔晶石。

精霊魔法：ＭＰを消費して樹の精霊を使役することが可能』

「は？」

『すごいです！　あのフェアリーちゃんがくれたんですよね！』

「そうなのかなあ。これって俺がもらっていいの？」

「ワフン」

とドヤ顔のルピ。フェアリーから取り返したとかではないよな？　グリーンベリー渡してたから、お礼ってことでいいのかな。いや、これからもよろしくって意味かな……

「でも、まいったな」

『どうしてですか？』

「樹の精霊を宿らせる方法がわからないから、ベル部長に報告できないんだけど……」

そのまま『妖精さんがやってくれました』ってわけにもいかないし。

『あの、ショウ君。樹の精霊を宿らせる方法は、もう一般的に広まってることなので』

「え？」

ミオンの話だと、樹齢一〇〇年を超えるぐらいの古い樹に、魔晶石を添えれば良いらしい。ただし、園芸か農耕のスキルが5以上必要なんだとか。

「ひょっとして、それ見つけたのって『白銀の館』ギルドの？」

『はい。ディマリアさんだそうですよ』

マジか。すげぇ……。

◇◇◇

「へー、じゃあ、そのディマリアさんがたまたま見つけた感じなのか」

「うむ。開拓拠点にも公園の一つぐらいはあってよかろうとお任せしたのだが、思わぬ収穫よの」

美姫が上機嫌でピーマンを頬張る。ニンジンは嫌いだけどピーマンはオッケー、というか好き。苦いのは平気だけど、甘いのは嫌なんだとか。

「で、そのようなことを聞くということは、兄上も樹の精霊石を手に入れたということか？」

「あ……、まあ、うん。ちょっと特殊な事情で……」

アホなのかな、俺。聞いたら当然バレるじゃん。相手は美姫なんだし。

とはいえ、フェアリーがってのはちょっとまだ伏せておきたいところ。

「ふむ。今は話せる段階にないと？」

「ああ、ちょっと訳わからなすぎるからな。近いうちにみんなには話すよ」

モンスターじゃない、ＮＰＣ他種族との接触も、多分だけど『生存圏の拡大』にはつきものだと思う。っていうか、早く接触してくれ……

「まあ、よかろう」

納得したのか中華スープ（インスタント）をずずーっとすする美姫。

「そっちは大丈夫そうなのか？」

「今日のところはまだ問題なかろう。初心者が最前線は厳しかろうが、中堅プレイヤーと組んで当たれば問題あるまい。不安要素があるとしたら数の問題よの」

「人数的には大丈夫そうなのか？」

「今のところはの。深夜組の話を聞いた限りでは、最後の襲撃は午前二時ごろ、今日最初の襲撃は九時ごろで、石壁が一部壊れたそうだ」

なるほど。いくら強いプレイヤーがいても、一人じゃどうにもならんってことかな。

……昨日のレオナ様はちょっと別枠なのかもだけど。

「じゃ、それ直してたって感じか？」

「我はその手の生産スキルは持っておらんからの。大盾を持つものらに稽古をつけておった」

美姫の話だと、スキルレベルが上の人の指導で上がるらしい。ってか、美姫自体がＮＰＣに稽古つけてもらってたんだっけ。

「ちなみに、ベル殿は石壁を作りまくっておったぞ」

「ぶっ！」

いやまあ、それが一番役立つんだろうけどさ。

「ごちそうさまでした！」

「お粗末さま。次の襲撃がいつかとかわかってんの？」

「おそらく七時すぎであろうな」

「マジか。片しとくからさっさと行ってこい」

「かたじけない！」

夕飯は早めの六時スタートだったけど、気がつくともうあと一五分で七時。

俺はゆっくり片付けて八時ごろでいいか……


「ばわっす」

『ショウ君』

部室で出迎えてくれたのはミオンだけ。

セスもベル部長もＩＲＯだろうし、ヤタ先生もずっといるわけじゃないか。昼に一定の成果（ベル部長の捕獲）があったし……

「そのライブは？」

『セスちゃんのです。さっきまで襲撃があって、今終わったところですよ』

「大丈夫だった？」

『はい。今は手当てや壁の修復中ですね』

席について覗き込んだ先には、また石壁を作ってるベル部長が映る……

「戦闘はどういう感じだったの？」

『今回はオークがたくさん攻めてきてました。ゴブリンよりもかなり強いみたいでしたけど、みなさんちゃんと役割分担して倒してました』

「へー」

その場になんとなく集まってる人たちだし、連携とか大丈夫なのかなって思ったけど、うまくいってるようなら何より。

『ナットさんが頑張って仕切ってましたよ。ＮＰＣの人たちとも仲がいいみたいで、いろいろと調整役みたいなことしてました』

「あー……」

あいつの場合「まあまあ、お互い仲良くやろうぜ」的なノリで上手くやっちゃうからなあ。

「あ、いいんちょの方は大丈夫？」

『そっちも少し見てましたけど、ポリーさんは見かけませんでした』

まあ、いいんちょならそうか。ずっとゲームしてる方が変だよな。

ちなみにアミエラ領の方はレオナ様と親衛隊の人たちがうまく指揮をとっていて、バックアップは『白銀の館』が無償でフォローしてるそうだ。多分、「損して得とれ」って感じなんだろう。

「じゃ、心配なさそうだし、俺も行こうかな」

『はい。いってらっしゃい』

「いってきます」

……慣れてきてるのどうなんだろ。


「ワフ」

「うん、これな。あと精霊石のお礼言っといて」

「ワフン」

ドヤ顔のルピを撫でてから送り出す。

樹の精霊石、とりあえずインベに放り込んであるけど、光の精霊石と同じようにペンダントか何かにした方がいいよな。

『いよいよですね！』

「うん、まずは屋根から。カナヅチと釘抜き持ってっと……」

山小屋の屋根に上がるのは簡単で、まず足場から蔵の屋根に乗り、そこから丈夫な板を渡して乗り移るだけ。

山小屋は二階建てだけど、蔵は山側で天井までも三メートルほどにしたから、渡した板もそんなに登り坂にはなってない。

『気をつけてくださいね？』

「りょ」

とはいえ、落ちるのはシャレにならないので慎重に。この手のゲーム内での落下って、どんな攻撃よりもダメージ出るよな。

でも、この高さからだとどれくらいのダメージになるのかは、ちょっと気になる。昨日、レオナ様が同じぐらいの高さの街壁から飛び降りて平気だったし……


「よっと！　これで最後っと」

最後二枚の屋根板は釘《くぎ》だけ抜いて、室内から屋根を浮かせて回収。

『全部外れましたね』

「結構、時間かかったなー。おかげでっていうか、大工スキルが4になったけど」

屋根を剝がす作業もスキル経験値として加算されるっぽい。どういう構造か把握できるもんな。

『その骨組みは残すんですか？』

「この垂木《たるき》も外すよ。軒桁《のきげた》も新しくしたいし」

すごくシンプルな作りの片流れ屋根。山側の軒桁から海側の軒桁に垂木が渡してあって、そこに野地板《のじいた》を打ちつけてあるだけ。

その野地板の上には樹皮を敷いて止めてあった感じで……それはもう使えないかな。薄い石壁を瓦代わりにしようと思う。

『あの、専門用語すぎてわからないです』

「はい……」

そりゃ、通じないよな。

「ワフッ!!」

「ん？　ルピ、どうしたの？」

外から聞こえてきたルピの声色がなんだかいつもと違う。

慌てて部屋を出ると、一緒に来たのかフェアリーが目の前に飛んできて、

「〜〜〜!!」

なんだかめちゃくちゃ慌てた様子で、腕をブンブン振りながら何かを訴えてるんだけど……どうすりゃいいんだ？

『何か緊急事態でしょうか？』

「だと思うんだけど……」

と、ルピが蔵に置いてあった複合鎧を咥《くわ》えて持ってくる。

「モンスターが出たのか!?」

「ワフッ！」

『急がないとです！』

「ちょっと待ってくれ。すぐ準備するから！」

複合鎧を着込み、腰には手斧と麻痺ナイフ。マントを羽織り直す。

コプティのヒールポーションはまだ作ってないのが悔やまれる。とりあえず笹ポ二個がインベにあるのを確認。ポーチはルピにあげちゃって作り直してないんだった。

いろいろと準備が足りてないのが歯痒《はがゆ》い。っていうか、いつでも戦えるようにしとけよ、俺！

「いいや、行こう！」

「ワフッ！」

フェアリーがまたがると駆け出すルピ。それを必死で追いかける。

森をそのまま突き進み、向かうのは最初に行ったあの小さな草むらだと思うんだけど……

気配感知には何も引っかからない。気配遮断をする必要がないのか、ルピは俺がギリギリついてこれるぐらいの速度で走り続けるし。

「ワフ」

「え、何もいないんだけど？」

到着した草むらは平和そのもの。ぽかぽか日差しが降り注いでて、あちこちに花が咲いてるのは前見た時と同じだし、モンスター……どこ？

「〜〜〜！」

「え？　何？」

飛んできたフェアリーが俺の腕……じゃなくて、指を掴《つか》んで引っ張る。

『虫がいるとかでしょうか……』

「うへ、それやだなぁ」

引っ張られるままに草むらを、花を踏まないように横切っていくと、連れてこられたのは奥に鎮座していた大樹の裏側。

そこには、人ひとりが四《よ》つん這《ば》いで入れそうなぐらいの洞《うろ》が……

「まさか……この中に入れって？」

「～～～！」

頭を大きく前後に振り、また指を摑んで俺を引っ張るフェアリー。

さらには、

「ワフッ！」

「あー、うん、わかったよ。行くよ」

ルピに急かされたら断れない。

ゲーム的にはどこか別の場所に飛ばされるんだろうけど……戻ってこられるよな？

『ショウ君、気をつけてくださいね？』

「りょ。あ、もし部室に放送してるなら止めといて。もう嫌な予感しかしないから」

『はい』

四つん這いになり頭から入っていくと、どこかで一瞬ふわっとしたのちに、先に光が見える。出口っぽい。

フェアリーが「急げ急げ」と言ってるふうな身振り手振りをしてるんだけど、四つん這いでギリギリ通れてるぐらいの広さしかなくてキツい。

これ、配信で見ると、相当みっともない格好してるんじゃ……

「ワフ！」

後ろにいたはずのルピがするするっと俺の股下から胸の下を通って、フェアリーとともに光の先へと駆けていく。そして、

「ヴヴゥ……」

「出たとこにモンスターいるのか!?」

肘と膝を必死に動かして、なんとか光の外に転び出る。

「バウッ！」

吠《ほ》える先には猪頭《いのししあたま》のモンスター。オーク。

その目はルピを睨みつけながらも、右手に摑んだフェアリーを口に……

「ちょっ！」

『ショウ君！』

腰のナイフに手を伸ばし〈ナイフ投げ〉する。

「ギャッ！」

胸にナイフが突き刺さり、同時に飛びかかったルピがその右手からフェアリーを解放する。

麻痺毒がまわったのか硬直したオークを手斧でバッサリと。

【斧スキルのレベルが上がりました！】


ふー、あっぶね。

ゲームとはいえ、あの続きは絶対に見たくないし、間に合ってよかった。

「〜〜〜！」

オークの手から逃げたフェアリーがこっちに飛んできて、もう一人のフェアリーと抱き合う。

あれ？　さっき捕まってたのは、俺を呼びにきたやつじゃなくてってこと？

「ワフ」

「おっと、そうだな。解体しておくか。いや、その前に鑑定しとこう」


【オーク】

『二足歩行する猪《いのしし》のモンスター。筋力は人間のそれを上回るが、知能はゴブリンよりも低い』


ＩＲＯのオークは豚じゃなくて猪。で、解体すると、牙、皮、魔石（小）か。肉が取れないってことは、食べられないんだろうな。

振り向くと、俺とルピが出てきたらしい大樹の洞が。あの草むらの大樹から、これにワープしたんだろうけど……いったいどこなんだ、ここ。

普通のプレイヤーがワールドクエストでイベントやってるし、こっちは無人島専用のイベント？ってことは、この場所もインスタンス？

「よくわかんないけど、なんとか間に合ったってことでいいのかな？」

『みたいですね。良かったです』

と、抱き合ってたフェアリーたちが目の前まで飛んでくる。

ちゃんと見ると違うんだな。右側の偉そうなのがグリーンベリーを要求してた方、左側の大人しそうなのが助けた方なんだけど、

「〜〜〜！」

「え？」

なんか、偉そうな方が左手を指してわめいてる。これって……

『まだ助けないといけない子たちがいるんじゃ？』

「ワフッ！」

「ちょっ、そういうのは早く言ってくれ！」

偉そうな方のフェアリーが再びルピにまたがり、大人しい方は……どうすりゃいいんだ？　置いてくわけにもいかないし。

「とりあえず、ここにいてくれ」

首の後ろに垂れ下がっているフードを指さすと、どうやら理解してくれたのか、その中へとすっ

ぽり収まってくれた。

「ワフ」

「よし、行こう」

何やらフェアリーから聞いていたらしいルピが、今度は音を立てずにするすると移動し始める。

これは気配遮断した方が良さそうな……

「おい、フェアリー見たとか本当だろうな？　また防衛戦が始まろうって時に、街を離れてウロウロしてるのバレたら怒られるぞ？」

「本当だって！　捕まえてハルネちゃんに持ってけば、俺ら騎士団入り間違いなしだっての！」


【気配遮断スキルのレベルが上がりました！】


……インスタンスじゃなかった。

ハルネちゃんってことは、新しく建国した国。確か共和国の南あたりだよな？

ルピの後ろを早歩きすることしばし、獣道が見えるあたりで気配感知にかかったのが、今見えてる男性プレイヤー二人。

片方は近接戦士型、小盾に長剣スタイル。もう一人は純魔っぽいローブに短杖《ワンド》を持っている。

無用心っていうか、気配感知なんかは持ってないようで、こちらには全く気づいていない。

見つかるわけにもいかないので茂みに伏せて隠れていると、どうやら他にフェアリーがいる場所を知ってるようだ。

くるっと振り向いて俺に確認を求めてくるルピとフェアリー。

俺は人差し指を口の前に立てつつ、彼らの方に顔を向ける。

それで察してくれたのか、静かに尾行し始めるルピ。今度も、少し離れてそれについていく。

「お、あそこだ」

「おい。オーク三匹いるじゃねーか。大丈夫か？」

「あいつらもフェアリー捕まえようとしてるんだろ。お前の魔法で不意打ちして一匹倒せれば、あとは余裕だって」

本人たちはこそこそ話してるつもりだけど、意外と聞こえるんだよな。

まあ、その先に見えるオークたちは気づいてないみたいだけど。

目的のフェアリーは岩の隙間に逃げ込んで籠城中か。あの二人がオークを倒して解放された瞬間にさらって逃げるが正解かな？　……悪役っぽいんだよな。まあ、いいけど。

「〈火球〉！」

ちょっ！　火球の余波がフェアリーに当たったらどうするんだよ！

思わずそう叫びそうになってグッと堪える。

「ギャアアッ！」

幸いにというか、一番近いオークに当たった火球が爆ぜ、毛皮に火がついて転げ回っている。

あれが火傷《やけど》状態ってやつなのか。俺がアーマーベアに火球ぶつけてもならなかったんだけど。

「オラァ！」

戦士風の男が飛び出し、転げ回ってるオークに一撃を加える。

レベル的に問題なさそうではあるけど、一匹倒したところで残り二匹は大丈夫なのか？

「頼む！」

火球が当たった方を倒した男が距離を取って、魔法での遠距離攻撃を要求する。なるほど。

「〈火球〉！」

新たに飛んでいった火球は右側のオークに命中。

戦士が再度距離を詰めて、被弾したオークを倒しきる。

この二人、結構しっかり戦えてるなと思ったんだけど……


【気配感知スキルのレベルが上がりました！】

【気配遮断スキルのレベルが上がりました！】


あっ！

「フゴァッ！」

「ひっ！」

魔術士の右手側から突進してきた別のオークが、手に持っていた槍《やり》で華奢《きゃしゃ》な体を貫いた。

俺が気配感知できる距離を考えると、そばに来るまで全く気づいてなかったか、急にあそこに湧いたか……どっちにしても完全に不意打ちクリティカル。

ばったりと倒れた魔術士の男は、ＨＰゼロになったようで淡い光となって消えた。

初めて見たんだけど、そういう感じになるんだ……

「どうした!?」

魔術士の異変に気づいた戦士が振り向いて惨劇に気づく。

槍持ちオークはゆっくりと戦士の方へと。あのオーク、上位のやつなんじゃないのか？

『ショウ君、どうしますか？』

両手の人差し指でバツを作ってカメラに映してもらう。

悪いけど「フェアリーを捕まえて～」のあたりで俺の中でアウト判定。

仮に助けたとしても揉める可能性大だし、なんなら魔術士を見殺しにしたとか言われかねない。

『私も賛成です』

その返事に少しほっとする。『助けないんですか!?』とか言われたらホントどうしようかと。

何より、俺はこのゲームをソロぼっちで楽しむと決めてるし、そこはゆずれない線なので。

「くっ……」

背後を取られたくないからか、少しずつ横へ横へと動く戦士の男。

「フゴァァァ……」

やっぱり槍持ちオークの方がちょっとでかいし、オークリーダーとかそういうやつ？

鑑定できる範囲までいけないのがもどかしい。

「ガァァ！」

普通のオークの方が突貫し、手にしていた棍棒で殴りかかる。

それを小盾で受け止めた戦士だが、反撃をする前に、でかいオークの槍を避けきれずに突き飛ばされた。胸当てが金属じゃなかったら致命傷だった気がする。

「くそっ！」

起き上がった男は、ポーチから取り出したヒールポーションらしきものをあおると、ゆっくりと後ずさっていく。逃走するタイミングを見計らってるのか？　それなら……

手元にあった石を軽く二回叩《たた》くと、ルピがそれに気づいて振り向いてくれる。こいこいと手招きすると戻ってきてくれたので、その耳元でちょっとお願い事を。

ルピの背中にまたがって一緒に聞いていたフェアリーが俺のフードに飛び移ると、ルピがするすると離れていった。

『ルピちゃんに何を？』

ミオンの問いに答えたいけど、声を出すわけにはいかないので、ルピの向かった方を指さすだけに。そんな都合良くいくかどうか怪しいところなんだけど……

「フゴゥッ！」

「うおっ!?」

二匹のオークにいいように攻撃されて、じりじりと削られてる戦士の男。

少しずつ少しずつフェアリーが隠れてる場所から離れてくれてるのはありがたい。

あとはルピが間に合うかどうか……

ガサガサガサッ！


急に茂みから音がして、フォレビットがオークたちの近くに飛び出す。

オークたちがそれに気を取られた瞬間、戦士の男は背を向けて全速力で走り出した。

「フゴァ！」

「フゴフゴッ！」

やっぱりフォレビットよりもプレイヤーか。

二匹が慌てて男を追いかけていくのを見送る。うまく逃げきってくれるといいけど……

視界から消え、気配感知からも消えたころ、ルピが戻ってきた。

「ルピ、お疲れ。お手柄だったよ」

「ワフ」

一応、小声で。でも、しっかりと撫でてあげる。

「もう大丈夫だろうし、あそこに仲間がいたら説得してきて欲しいんだけど」

「〜〜〜♪」

フードのフェアリーたちに伝えると、偉そうな方がサムズアップして飛んでいった。

この場所が例の聖国からどれくらいの位置なのか全くわからないんだけど、もたもたしてるとまた誰か来るよな。……あそこに落ちてる遺品とか回収したいだろうし。

「～～～♪」

「お、全員無事そう……」

フェアリーが戻ってきたのはいいんだけど一〇人以上いるな。

『これからどうするんでしょう？』

「それだよな。で、どうすりゃいいの？」

そう尋ねてみると、偉そうなフェアリーがまたルピにまたがった。

まあ、もうついていくしかないんだけど、次はどこなんだろうとついていくと、

「え？　終わり？　帰れるの？」

「ワフ」

『帰れるみたいです？』

「多分……。てか、ここから帰れるのはいいんだけど、誰かがここ通って無人島に来ちゃうとか勘弁なんだけど」

そんな話をしていると、偉そうなフェアリーが……あっかんべー？　違う？　ああ、よく見ろ？って鑑定しろってことか？

【妖精の道】

『神樹の洞に作られることが多い。高位の妖精のみがその道を開くことができ、洞同士を行き来す

ることができる』

「なるほど……」

『これなら安心ですね』

「てか、高位の妖精なんだ？」

その言葉にドヤ顔する偉そうなフェアリー……

やっぱりどっかで見たことあるよ。てか、ニラ玉とか好きそう。

「ともかくさっさと帰ろう。で、ベル部長に報告しないと」

『話しちゃうんですか？』

「うん。そのあたりは島に帰ってから」

『あ、はい』

まずは帰って一息つきたい……


「はあ、ただいま！」

『お帰りなさい』

やっぱ無人島が一番。洞を出て、草むらにごろんと寝転ぶ。

先に出てきてたフェアリーたちは、安心したのかお互い手を取り合って喜んでるっぽい？

「ワフ」

「ルピもありがとな」

俺の腕を枕に満足げな表情のルピ。

「あ、そうだ。これ食べるなら適当に分けて」

インベントリからグリーンベリーの備蓄を全部取り出すと、一斉に群がるフェアリーたち。

果物が好きな感じ？　パプの実はダメっぽいけど……あれも干し柿、じゃない、干しパプにすればいいのか。

『えっと……全員で一二人ですね』

「もう、グリーンベリーをこっちに植え替えた方が早い気がするなあ」

【フェアリーの守護者：３ＳＰを獲得しました】

【島民が10人を突破：５ＳＰを獲得しました】

「……え？」

「ワールドアナウンスはされてない、かな？」

『確認してきますね』

「うん、お願い」

その間に褒賞を確認しとくか……

【フェアリーの守護者】

『フェアリーからの信頼を得たものに贈られる称号』


危ないところを助けたからって感じ？　いや、こっちに来てグリーンベリーを渡した後だったから、やっぱり餌付けしたからって線も捨てきれない。


【島民が10人を突破】

『島民が10人を超えたことで得られる褒賞。
※現在の島民数がステータス画面で見られるようにもなります』

さっそくステータス画面を開いてみると……一四人らしい。

「なんで一四？」

「ワフッ！」

「ああ、ルピもだもんな」

俺、ルピ、フェアリーが一二人で一四人ってことね。オッケーオッケー。

『戻りました。ワールドアナウンスはなかったみたいですよ』

「ありがと。とりあえず一安心かな」

今のタイミングだと絶対にフェアリーを横取りしたって疑われるもんな。

まあ、実際そう見えてしまうんだけど……

『それは島民の数ですか？』

「うん。一〇人超えたらステータス画面に出るようになるんだってさ」

嬉しいっちゃ嬉しいんだけど、建国宣言もしてないのに表示されていいのか？

ゲームっぽいのか、ゲームっぽくないのか……

『ショウ君、ルピちゃんとフェアリーちゃん一二人で一四人なんですね』

「だね」

『……私はカウントされてないんですね』

あ、うん、それはさすがに……


「ただいま。部長たちはまだ？」

『おかえりなさい。二人ともまだＩＲＯプレイ中ですね』

時間を確認すると午後一〇時四五分。

連休中なのでガッツリの可能性もあるけど、セスはタイマーが切れるとダメになるタイプだし、そろそろ戻ってきそうな気がする。

『ショウ君、部長に話す理由を教えてもらっても？』

「あ、うん。まあ、勘というかこうなんじゃないかなっていう予想だけど」

今回、たまたまだけどフェアリーたちを助けるかたちになった。

それでまあ島に連れてきて、グリーンベリーを渡したら島民扱いになったのは予想外だったけど。

ともかく、開拓地の先で何か他の種族に出会う可能性は、王国にも帝国にも（公国にも？）あるんじゃないかなっていう予想。

共和国は聖国ができたのと、俺がインターセプトしちゃったけど……

『なるほどです。他の場所にも妖精さんが？』

「うん。うちの島に来た妖精は『フェアリー』だったし、別の種族もいるんじゃないかな？」

思いつくのは『ノーム』とか『ケット・シー』とか。いや、ノームはＩＲＯだと土の精霊？

「何にしても、モンスターとかに襲われてて、やばそうなら助けた方がいいんだろうし、【フェアリーの守護者】って称号に褒賞ももらえたし」

３ＳＰって普通にプレイしてたらでかい気がする。

これって俺が取っちゃって良かったのかな。【無人島発見】とか【最初の島民】とかは、無人島スタート専用って気がするからまだいいんだけど。

……そういや【調教の先駆者】なんてのもあったっけ。まあ、俺が考えてもしょうがないか。

『ショウ君？』

「あ、ごめん。考え事してた」

とそこにベル部長とセスがやってきた。

「兄上、ただいま！」

「おう、おかえり」

まだタイマーは切れてないようで元気なセスと……

「……急がないといけない何かがあったのかしら？」

露骨に警戒しているベル部長。すいません。何かがありました。


「とまあ、こんな感じですが」

「……」

ベル部長、あっさりフリーズしてるし。

で、セスはというと、俺が見せた動画をまた好き勝手再生し、

「ふむ。兄上は、このような妖精が他の場所にもと考えておるのだな？」

「ああ。防衛に余裕があるうちに、探索に出たりした方がいいんじゃないか？」

「確かにのう」

そう答えて座り直す。

『もう難しい感じですか？』

「そうでもないわよ。今日の襲撃も敵の強さ的には少し増したけど、危なげなく防衛できたもの。今のところは次の襲撃が来るまでに余裕はあるけど……」

「我々だけ何かを知っているかのように、探索に出るのはおかしかろう」

「あー……、すまん」

フェアリーを捕まえにきた連中だって、話の内容からして黙って出てきてたっぽいし。

『襲撃はまだ続くんでしょうか？』

「ええ。でも、おそらく明日で終わりじゃないかしら？」

「うむ。ワールドクエストの達成率は九〇％弱。明日の夜がラストであろうの」

二人とも今日はもう上がるわけだし、チャンスがあるとして朝、昼の襲撃後の二回。

その状況で、拠点を一時的にでも離れて探索に出るのは不自然か……

『あの、襲撃してくるモンスターはどこから来てるんですか？』

「……なんかポップするポイントがずっと先にあるとか」

なんかこうゲーム側の都合ってやつなんじゃないかな。

「ミオン殿は『こちらから打って出る』という選択が取れるのではないかと？」

『はい。今、襲撃を受けている場所は古代遺跡の近くが多いですし、ひょっとして関係があるんじゃないかと』

「あー」

つまり、王国北西側や聖国の南側は古代遺跡のダンジョンから、公国の西側は古代遺跡の塔からモンスターが湧いて出てきてるかもってか。

「ふむ。原因にいちいち理屈をつけてくるＩＲＯならありえん話ではないのう」

「それを調査に行くというのであれば名目は立つわね」

「まあ、我々だけで行くのは危険であろう。希望者を募るのが良いのではないか？」

「そうね。防衛だけで時間を持て余しているプレイヤーを誘いましょう」

ベル部長とセスの間であーだこーだと作戦会議が始まったけど、俺とミオンはもういいよな。

「じゃ、伝えることは伝えたんで」

「待つのだ、兄上。もう一つ聞いておきたいことがある」

「え？　なんだよ」

「この『神樹』とはなんなのだ？　これがあれば兄上の島に行けるのか？」

神樹って書いてあったのすっかり見落としてたなー……

『神樹のことはよくわかりませんが、高位の妖精がいないとダメだそうですよ』

ミオンがニッコリとしつつ答えてくれる。

フォローしてくれてありがたいんだけど、なんだか笑顔がちょっと怖ぃ。

「むぅ……」

で、このことは完全に伏せないとまずいと改めて認識。

『動画ではフェアリーちゃんたちとは島で仲良くなったということにしますね』

「それがいいわね。転移魔法陣の話も伏せるつもりなんでしょう？」

あ、そっちもあるんだった……

［防衛大国］ウォルースト王国・王都広場［先制的自衛権］
【一般的な王国民】
こちら王都、補給部隊。各所、状況を報告せよ。
【一般的な王国民】
北西部、アミエラ領、古代遺跡前拠点。問題なく撃退に成功。物資補充の必要はなし。
【一般的な王国民】
南西部、ラシャード領、前線拠点も問題なしです。
ヒールポーション、もしくは神官プレイヤーの援護があると助かります。
初心者でももちろんＯＫ。稼ぎ時です。
【一般的な王国民】
了解です。プレイヤーは南西部優先でいいですか？
【一般的な王国民】
北西部了解。こちらはレオナ様がいるので、プレイヤーは足りてます。
【一般的な王国民】
まさに一騎当千ってやつだよな。相手が可哀想になるレベル。
【一般的な王国民】
強いのは知ってたけど、目の前で見ると迫力が違う。
それでもモンスター全部は捌《さば》けないっぽいが。

【一般的な王国民】

無双ゲーじゃないしなあ。

ゴブリン程度なら一撃で倒して不思議ではないが、やっぱりスタミナが続かんっぽいね。

【一般的な王国民】

北西と南西でちょうど手一杯。南東は放棄して正解だったよな。

しかし、これからモンスターが強くなり始めるとちょっときついか？

【一般的な王国民】

数で押される可能性が怖いですね。

運営もリアルの深夜には襲撃かけないようにしてるようですが。

【一般的な王国民】

北西側は街壁を先に構築してあって良かった。備えあれば憂いなし。

【一般的な王国民】

街壁の上から打つだけで、遠距離攻撃の射程が伸びるのはでかいよね。

相手が打ってきたら顔引っ込めればいいだけだし。

【一般的な王国民】

さすがに遠投投石器とか出てこないよな？

【一般的な王国民】

わからんが、そうなると騎馬隊編成して潰しに行かないとだろうな。

投石器には騎馬隊、騎馬隊には歩兵、歩兵には投石器。
ＲＴＳプレイヤーお馴染《なじ》みの三すくみ。
【一般的な王国民】
神官が「あいよ～」して転向はないのかね？

†横行覇道†　グラニア帝国・帝都凱旋門《がいせんもん》下　†力こそパワー†
【一般的な帝国民】
帝国の開拓地防衛ってどこ？
【一般的な帝国民】
アンハイム領の北だぞ。これからまだまだモンスター増えそうだし、はよ来い！
【一般的な帝国民】
戦いは数だよ！
【一般的な帝国民】
それは公国のセリフやろｗ
【一般的な帝国民】
ありがとう！　ワイン樽《だる》でも買って持っていくよ！
【一般的な帝国民】
いやー、内戦が不完全燃焼だったからか、俺もだが、傭兵《ようへい》してた連中が張りきりすぎ。

【一般的な帝国民】
稼いだ金でいい武具も手に入ったし試し斬りじゃあ！
【一般的な帝国民】
ハッスルするのはいいけど、みんな怪我しすぎｗ
神聖魔法だってＭＰ使うってことを忘れんなｗ
【一般的な帝国民】
おーい、帝都にいるんだが何か欲しいものあるか？　まとめて買っといてやるぞ～
【一般的な帝国民】
チキ揚げくん
【一般的な帝国兵】
三三四の豚《ぶた》まん
【一般的な帝国兵】
ワンカップ関脇《せきわけ》
【一般的な帝国兵】
もうええわ！
【一般的な帝国兵】
どうも！　ありがとうございました～！

【分離独立】パルテーム公国・帝都凱旋門下【徹底抗戦】

【一般的な公国民】

公国の開拓地防衛はパルテームの西です！　まじで人足りてないからヘルプ！

【一般的な公国民】

やっと給金もらえて解放された。すぐ行きたいけど、もうちょっと待ってくれ。

【一般的な公国民】

軍はヘルプしてくれないの？

【一般的な公国民】

疎開してた人らが帰ってきてるのと、自領の防衛で離れられないってさ。

あと、開拓地が公国の直轄地扱いだから、手続きが複雑だとかどうとか……

【一般的な公国民】

うわ、クッソめんどくせえ……

【一般的な公国民】

とりあえず、早めに解放されたプレイヤーはそっち向かってるし、もう少しだけ耐えてくれ。

次の一ウェーブ耐えてくれさえすれば、精鋭がそっち到着するはず。

【一般的な公国民】

頑張るしかないか……

とりあえず王国をまねて、石壁を造ってなんとかしのぐよ。

【一般的な公国民】

石壁が間に合わなそうなら、木の柵があるだけでも違うらしいぞ。

ともかく無理はしないでくれ。最悪、いったん引いてから取り返すって手もある。

【一般的な公国民】

第一陣、到着したぞ！　戦場はどこだ！　塩プロレスさせられた鬱憤を晴らしてやる！

【一般的な公国民】

塩プロレスは草。金は結構もらえたけど、しょっぱいのは確かだったな。

さて、ちょっくら暴れますかね！


¥千客万来¥　マーシス共和国・大聖堂　¥商売繁盛¥

【一般的な共和国民】

いやー、ウハウハですな！

笑いが止まりませんわ！

【一般的な共和国民】

共和国にはモンスターの襲撃はなし。

開拓先でゲールズの子たちが建国しちゃったけど、逆にいい防波堤になってくれたようで。

【一般的な共和国民】

在庫ダブついてたヒールポーションも、公国と聖国がガンガン買ってくれるしねー。

【一般的な共和国民】

次の消耗品はなんだろうな？　ちょっと意見を聞かせて欲しい。

もちろん、とっておきは伏せてもらってオッケー。

【一般的な共和国民】

まあ、普通に考えれば矢でしょ。

打った矢をすぐには回収できそうにないし、使い捨て前提の安い矢を量産とかどうかね。

薄利多売って感じだが、木工初心者プレイヤーの役にも立てるし。

【一般的な共和国民】

矢は現地で作るんじゃない？

開拓して木材は豊富にあるんだし、防御柵の端材とかもたくさん出てるだろうし。

【一般的な共和国民】

じゃあ、矢羽だけ売るってのがいいかもな。

鳥を狩るのは地味にめんどくさいし、防衛始まったらそんな暇はないと思う。

【一般的な共和国民】

なるほどって言いたいとこだけど、もう動いてる人いそうだな。

【一般的な共和国民】

俺とかなｗ
防衛戦が始まるって聞いて、肉屋を巡った甲斐《かい》があったぜ！

【一般的な共和国民】
はえーよ！　でも、ちょっと気をつけろよ。
公国はともかく聖国は支払いが滞る可能性もあるぞ？
【一般的な共和国民】
まあ、その時は物々交換だな。
魔石から魔晶石、精霊石って手があるし、ゴブリンの魔石あたりなら大歓迎だよ。

【女神降臨】ハルネ聖国・雑談スレッド【ゲームドールズ】
【敬虔《けいけん》な聖国民】
状況は悪いが頑張るしかない！
【敬虔な聖国民】
お、おう！
【敬虔な聖国民】
まあ、ダメだったらそれはそれで面白いし……
【敬虔な聖国民】
同じアホなら踊らにゃ損々ってな！

05　火曜日　親はなくとも子は育つ

連休中ってことで、遅めの軽い朝食。その後、美姫はさっさとＩＲＯへと行ってしまった。

俺はというと、時間があるうちに家の隅々を掃除し、あとは気になってた庭の草むしりを……

ＩＲＯに行ってもいいんだけど、ミオンに「続きは明日の午後から」って言っちゃったし。

「ふー、そろそろ昼飯の準備しないとかな」

小一時間草むしりをして、ちょっとアレな感じだった庭もまあまあ見られる程度に。

うーん、家庭菜園でもやってみたいところだけど、今はちょっとその余裕はないよな。

そういや、ＩＲＯで農耕スキルと園芸スキル取ったのに使えてないし、あっちで作るか……

「ただいま、翔太《しょうた》！」

「え？　親父《おやじ》？」

突然呼びかけられてびっくりしたけど、そこには一ヵ月ちょっとぶりの親父の顔が。

「おお、帰ってきたぞ。息子よ！」

「ああ、うん、おかえり」

「……もっとこう感動的な再会とかないのか？」

「いや、そんなずっと離れてたわけでもないし」

俺のそっけない反応に不満そうな親父だが、高校生にもなって親の帰宅に感動する息子っていないと思う。それに何より……

「父上！」

「美姫！」

ひしと抱き合う父娘。そっちの方が絵になるし。

昼飯は三人分作った方がいい感じかな。

「とりあえず中に入れば？」

「うむうむ。父上とお昼を食べたいぞ！」

「あー、すまん。母さんが着たいと言ってるスーツがあるから、それを掘り出したら帰るよ」

「早すぎだろ……」

とは言うものの、母さんをほったらかしにもできないからなあ。今ごろは部屋の中が荒れてるに違いない。というか、仕事はできても片付けはできないんだな……

「つまらんのう。まあ、母上が心配でもあるしの」

「というわけで、ちょっと探してくる。ああ、これはお土産だから、翔太に料理してもらえ」

なんか袋いっぱいに詰め込まれてるのは、日持ちする食材か。

ちらっと見えるのは昆布かな？　ＩＲＯでも昆布見つけないとなんだよな……


「美姫、できたぞ。運べ」

「心得た！」

今日の昼飯はあんかけかた焼きそば。

かた焼きそばは市販品だけど、かけてある中華あんはちゃんと作ったやつ。

と、そこに目的のスーツを見つけたらしい親父が現れる。

「じゃ、父さん帰るぞ」

「帰るって、こっちが自宅だろ」

「父さんにとっては、母さんがいるところが家だからな！」

そんな胸はって惚気《のろけ》られると反応に困るんだけど。

「そいや、真白姉も帰ってきてないいんだけど、なんか聞いてる？」

「いや、俺は何も聞いてないな。気が向いた時に帰ってくるんじゃないのか？」

「姉上のことは気にするだけ無駄だぞ、兄上。いただきます！」

あっさりそう答えて、美味そうに食べ始める美姫。親父もそれを見て安心した感じ？

「こっちの家のことは翔太に任せるからな」

「あー、うん、了解」

「じゃ、また一ヵ月後ぐらいにな！」

親はなくとも子は育つっていうけど、普通じゃないよな、これって。

あ、ミオンのこと話せなかった。……まあ、いいか。

『お義父様《とうさま》もお忙しいんですね』

「あれはまあ、母さんに振り回されてるだけだけどね。いや、本人が満足してるから、振り回されてるってのもおかしいのかな？」

ともかく、仲が悪いよりは良いよな。

『私は振り回したりしませんからね？』

「え？　あ、うん。そんな風に思ったことないから大丈夫」

『はい！』

むしろ、俺の方がいろいろと振り回してる感じがあるんだよな。

もっとこう、じわじわまったりとスローライフなゲームプレイのはずだったのに……

「ワフッ！」

盆地への階段を上りきる手前でいつものようにルピが駆け出す。

昨日の夜はフェアリーの救出っていう突発イベントのせいで作業が進まなかったし、今日はきっちりと山小屋の二階部分を終わらせたいところ。

なだらかな斜面を降り、屋根のない山小屋に到着。隣の石造りの蔵も問題なさそうで一安心。

「ワフ」

「ん？　ルピ、どした？　って……」

ルピの背中には昨日のフェアリー。その後ろには昨日助けた一一人がふわふわしてる。

「えーっと、グリーンベリーは昨日渡したので全部なんだけど」

結構あったと思うんだけど、もう全部食べちゃったのか？

その小さい体のどこに入るんだよ……

『山小屋の前に採集に行きますか？』

「そうだなあ。まあ、別に焦らなくていいか」

ついでだし、レクソンとかルディッシュも足しとくか。

「〜〜〜♪」

「ん？」

なんかこう……なんだろ？

「ワフ」

そう吠えたルピが古代遺跡に続く階段の方へと。

ああ、自分たちで採集に行くからついてこなくて大丈夫ってことか？

「えーっと大丈夫？　グレイディアは襲ってこないからいいけど、ランジボアとかいるし……」

「ワフン」

「〜〜〜♪」

任せろとドヤ顔するルピと心配するなって顔の偉そうなフェアリー。

高位らしいんだよなあ。全然見えないけど……

「わかったわかった。じゃ、行っていいけど、気をつけてな。危なくなったら、洞窟出たところがセーフゾーンだからそこに逃げろよ？」

「ワフ！」

しっかりそう返事をして階段の方へと向かうルピとフェアリーたちを見送る。

『大丈夫でしょうか？』

「一応、オークを察知して逃げるぐらいのことはできてたわけだし、何かあったらルピが呼びにくると思うから」

なんだかんだと都度見守るのもなんか違う気がする。

俺がログインしてない間のこともあるし、ルピは賢いから大丈夫のはず。

『あ、お昼過ぎの襲撃が始まったみたいですよ』

ミオンが見てるのはベル部長のライブ。

いつもの公開ライブではなく、電脳部グループ限定でライブを配信してもらってる。

「セスの予想だとそれがラス前かな。さくっと撃退してから、有志を募るとか言ってたけど」

『敵がかなり多いですけど、こちらも人数が増えてるので対処できてますね。レオナさんの方も始まったみたいですけど……こちらも大丈夫そうです。あ、ポリーさんもいますね』

レオナ様のライブは当然公開ライブ。

それにしても、あのお堅いいいんちょが昼からゲームとは……ハマってるなあ。

この前見た時は弓をばんばん当ててたけど、今回もそんな感じなのかな。

『すごいです。樹の精霊の魔法で、柵に棘《とげ》がある植物が絡みついてますね』

「えげつねぇ……」

つるバラか何かかな？　あれって棘あったよな。

古い戦争映画か何かで、鉄柵に有刺鉄線が巻かれてるのを見たことあるけど、あんな感じ？

敵が攻めてくるのがわかってたら、すごく有用な気がする。

『ショウ君もこの前、樹の精霊石をもらいましたよね？』

「あ、そうだった。あの後にゴタゴタしてたから忘れちゃってた」

というか、一つタスクを消化するたびに二つか三つぐらいタスクが増えるのなんで？

確か、あの樹の精霊石はインベントリに入れたはずで……

「これだ。忘れないうちに樹の精霊と契約しとこう」

この樹の精霊石は光の精霊石の隣にぶら下げとくことになるんだろうけど、精霊石が増えすぎて肩こりしそうな気がしてきた……


「ふう、これであとは床だけかな」

ミオンがモンスターの襲撃の様子を話してくれるのを聞きながら作業すること小一時間。

四方の壁板と木窓を剝がし終えて、残っているのは床と柱と梁だけ。

『ずいぶんすっきりですね』

「意外とシンプルな作りだったしね」

『次は床板を全部外すんですか？』

「うん。根太《ねだ》……っていう床板を支えるやつは替えたいかな」

石造りの一階部分の天井は、この二階の床部分。

しっかりとした床梁《ゆかばり》が渡されていたので、それを替えるつもりはない。

けど、根太はそんなに太くないし、これが折れたら、床板を新しくした意味がなくなるしなあ。

「ワフ！」

「お、ルピもフェアリーたちもおかえり」

『少し休憩しませんか？』

「そだね」

剝がした壁板は全部、蔵に放り込んだ。

一応、どこの何枚目の板だったかは印をつけてあるので、最悪元には戻せるはず。

木工と細工のための彫刻刀作っといて正解だったな。

「～～～♪」

「お、くれるの。さんきゅ」

偉そうなフェアリーがくれたグリーンベリーをぱくっと一口。

「!!　酸っぱっ！　前に食べたのよりずっと酸っぱいんだけど!?」

「～～～！」

腹抱えて笑ってやがるし……。

あ、でも、その分、甘味も強いのか。

『ショウ君、大丈夫ですか？』

「平気平気。酸っぱい分、甘味も強いっぽいね」

草むらにごろんと寝転ぶと、ルピがお腹を枕に寝そべってくる。

フェアリーたちは……もう帰っちゃったか。

ルピが付き添いしてくれれば、南西の森で自給自足できる感じなのかな？

まあ、島民同士、仲良くやれればそれで十分。

『あ、部長たち、出発するみたいですよ』

「お、メンバーってどんな感じ？」

『部長とセスちゃんと、あと三パーティーでしょうか。合計で二〇人ぐらいですね』

「あれ？　ナットいないの？」

『ナットさんは残って万一に備えるみたいです。新人さんのフォローをすると』

あー、あいつらしい体育会系のノリだけど、高圧的なのはなくて、後輩を大事にする方。

中学の卒業式の時も、ずいぶんと後輩が挨拶に来てたからなあ……

『この前、鳥さんと一緒だった人がついていくみたいですね。襲撃がありそうなら、連絡を取れるようにということでしょうか』

「ああ、伝書鳩《でんしょばと》？　いや、鳩《はと》じゃなくて隼だっけ。伝書隼……」

ちょっと羨ましいというかかっこいいなと思ったけど、そもそも俺が何かを伝える相手なんていなかった。

『何もなくても二時間ぐらいで戻ってくるそうですよ』

「まあそっか。よくよく考えたら、俺の推測も根拠ゼロみたいなもんだしな」

『きっと何かいますよ』

「そう？」

『はい！』

まあ、ベル部長もセスも「何かあるはず」みたいな感じだったし、女の勘ってやつなのかな……

「ふう。これであとは床板だな……」

『でも、ずいぶん綺麗になりました』

「やっぱ、新品になるの気持ちいいよな」

床梁は全く問題なかったので、根太を一本ずつ外しては入れ替えの作業。

床板を外してる途中で大工スキルが5になって、諸々《もろもろ》の作業がスピードアップした。

「ベル部長たちはどう？」

『まだ特に何かを見つけた感じではなさそうで……あっ！』

「えっ、何？」

『小人さんがオークに襲われてます！　今、部長たちが助けに入りました！』

「おお……」

とりあえず的外れなこと言ってなくて良かったってのと、モンスターに襲われてるのを見過ごすことにならなくて良かった。

『部長たち、オークをあっさり倒しちゃいました』

「まあ、そうだよな」

俺はソロだし、ちょっとアレな手を使わせてもらったけど、二〇人もいりゃ余裕だろう。

『助けた小人さんたちはノームだそうです』

「背丈ってどれくらい？」

『腰より少し低いぐらいですね。小さくて可愛いです』

土の精霊がノームなのかなと思ったけど、妖精の方なのか。

じゃ、ウンディーネとかサラマンダーとかも妖精って分類？

『やっぱり会話は通じないみたいですね……』

「うちのフェアリーと同じか。前に話した妖精言語ってスキルにはないんだよなあ」

『何か前提があるとかでしょうか？　例えば精霊魔法とか……』

「あー……」

確かに精霊と妖精の関係性は大きい気がする。

精霊が集まって個体化すると妖精？　となると、フェアリーはなんの精霊なんだろう？

風の精霊あたりが一番……ってシルフが風の妖精にあたるから違うか。

「で、保護して帰る感じ？」

『えっと、他にもノームさんがいるみたいで案内されてます。ショウ君の時と似てますね』

「やっぱりそういうクエスト的なものかな」

あと気になるのは【〇〇の守護者】のタイミングぐらいか。

『あ、レオナさんたちのところでも……』

「え？」

『背中に翼がある人たちが降りてきました』

え？　背中に翼ってイカロス的な感じの？

『言葉は普通に通じてるみたいですね。レオナさんと話してますが、その翼がある人たちの態度がすごく高圧的で……』

「うわ、それまずいんじゃ……」

対人プレイで煽《あお》りとかされると、相手の心が折れるまで叩きのめす人だし。

『親衛隊の皆さんが必死で止めてます』

「だよなぁ……」

こういう時、セスがいてくれると機転を利かせてうまく場を収めてくれるんだろうけど。

『あ、ジンベエさんが……』

「師匠が？」

『なんだか一対一で勝負するような話になってますね』

「まともな大人がいて良かった」

レオナ様とその翼があるＮＰＣが勝負する感じなのかな。

強制負けイベントって線もありそうなんだけど……いや、一対一なら勝てそう。

『始まるみたいです』

「気になるけど、今からじゃ遅いよな」

『終わりました。レオナさんが勝ちました』

「はやっ！　えっと……、相手は無事なの？」

『はい。お互い練習用の木刀と木の槍でしたから。それでも、相手の人が腕を押さえてますね。ディマリアさんがヒールポーションをかけてます』

「なら良かったのかな。というか、妖精がいて助けるみたいな話と全然違うなぁ」

でも、他種族NPCとの接触っていう話なら、全部が全部友好的って話でもないか。

他でも似たようなこと起きてるのかな……

『あの人たちは「有翼人」だそうです。どうやら誰かに防衛の手伝いを命令されて来たそうですが……。あ、帰っちゃいました』

あらら、向こうの態度が悪いからしょうがないけど、ちょっと心配な展開……

ミオンの実況（？）を聞きながら、黙々と床を張り替える作業中。

解体したパーツと同じパーツを作っては張るっていう繰り返しなので、悩むこともほとんどなく。

このペースなら、夕方までに床板の張り替えは終わりそうかな。

『ナットさんが「ノームの守護者」っていう称号を得たみたいですよ』

「マジか。ってか、なんで？」

『保護して連れてきたノームさんたちにお菓子をあげたからでしょうか』

「やっぱ餌付けなんだ……」

ノームたち全員を助け出したベル部長たち有志一行は無事、開拓拠点に戻ってきたらしい。

で、まあ、モンスターの襲撃が収まるまでは保護する感じなのかな?

「ちなみにお菓子って?」

『クッキーみたいですね』

「小麦粉、砂糖、バター、卵はあると……」

くっ、どれも無人島にはない材料ばかりなのが羨ましい。

『ショウ君、お菓子も作れるんですか?』

「え? まあ作れるよ。簡単なものだったらだけど」

『すごいです……』

「いやいや、お菓子はホントに材料をきっちり計って、手順通りにやればできるから」

変なアレンジを入れると失敗するのがお菓子づくり。

クッキーなら、ナッツとかチョコチップを混ぜるぐらいがシンプルで、かつ、おいしい。

「ふう、半分終わったぐらいか」

丸見えだった一階も新しい床板で見えなくなりつつある。

手前から張っていって、今は部屋の中頃まで終わったところ。

ここから奥へは階段用に空いてる部分もあるし、もう少し早く終わるかも?

『今日のうちに屋根まで終わりそうですか?』

「うーん、壁板までかな。窓枠のところに時間かかると思うし、奥には勝手口をつけるつもりだし」

それはそれとして、明日はいよいよミオンの家にお邪魔する日。一〇時に駅前で待ち合わせて、お昼は俺が作ることになってるけど、夕食前には帰るつもりでいる。

「明日は本当に車の手配とかしなくていいの？」

『はい、大丈夫ですよ』

駅から近いってわけでもないと思うんだよな。反対側は商店街とかになってるし。オートルートバス《自動運転巡回》とかで近くまで移動する感じ？　時間的にも混雑はしてないだろうけど。

『明日が楽しみです。やっとショウ君の手料理を食べられます』

「ホントに俺の料理とかでいいの？」

『はい！』

中華を一品だけ出すってのもアレだし、ミオンとミオンのお母さん、俺にセスの四人だから何品か作って好きにって感じかな。ここ数日でいろいろと思い出せたので大丈夫のはず……

『ショウ君、部長とセスちゃんがライブを見たいって』

「ん、おっけ。二人は終わった感じ？」

『はい。あとは夜に備えてだそうです』

ってことはもう午後四時を回ったぐらいか？

まずは勝手口をと思ってあーだこーだしてたら、いつの間にか時間が経《た》ってたっぽい。

『兄上、順調のようだの！』

『それ全部一人でやったのね……』

これくらいで呆《あき》れられても困るというか、開拓拠点に家を建てた人たちだって、これぐらいのことはしてたと思うんだよな。

「まあ、順調っすね。ミオンに教えてもらいましたけど、ノームを助けたって」

『うむうむ。開拓拠点の女子に大人気であったぞ』

『……ちょっと心配なぐらいにね』

ああ、半ズボンをはいてる少年が好きとかいうお姉さま方がいるんだ。

「お菓子をあげると『ノームの守護者』になれるんです？」

『お菓子というよりは信用されることのようだの。怪我を治したり、避難所の案内をしていたものらも称号を得たようだ』

「へー」

それなら納得かな？　でも、一番簡単なのがお菓子をあげることだとすると、しばらくはノームにお菓子をあげたい人たちが押し寄せそう。

『部長、レオナさんのところの話は聞きましたか？』

『ユキさんからおおまかな話は聞いてるのだけど。どういう感じだったか、説明してもらっていいかしら？』

『はい』

というわけで、実際に見てたミオンから説明。

ライブのアーカイブでもいいんだろうけど、それはまあ後でゆっくり見るだろうし。

『ふむ。高圧的な態度で「助けて欲しくば頭を下げろ」はありえんのう』

『相手がレオナさんっていうのもね』

とため息一つ。

結果として、ボコられて「くそっ、覚えてろ！」的なオチだったそうだけど。

「師匠がいてくれて良かったって感じですよね」

『そうね。親衛隊も止めてくれてたんでしょうけど、ライブ中にああいう煽りをされた時は、間違いなくブチギレして叩きのめすわよ……』

レオナ様のファンもそれがまた痛快で好きなんだよな。わかるけど。

『さすがジンベエ殿と言ったところかのう。いずれにしても、このイベントが終わったところで、少し対策を考えておかねばなるまい』

「なんだか誰かに命令されて来たとか言ってたんだっけ？」

『はい。そこの部分はよくわかりませんが』

偉そうな奴らが命令されて来るってことは、もっと偉そうな人がいるってことだよな。

めんどくさそう……

「ところで有翼人って初めてですよね？」

『ええ、そのはずよ。魔王国のＮＰＣは共和国の東で見かけるそうだけど、翼を持った亜人の話は聞いたことがないわね』

『コメント欄もそんな感じでした』

揉めるのはしょうがないとしても、その有翼人たちが攻めてくるとかになってくると、厄介な気がするんだよな。何せ相手は飛べるんだし……

「うーん、他の国の開拓拠点とかどうなんだろ」

『帝国の北側、アンハイム領では巨人族と遭遇したそうです。公国の西側ではＮＰＣのエルフと遭遇したみたいですね』

ミオンがフォーラムで見た話だと巨人族は三メートル弱ぐらいの亜人だそうで、襲ってきたモンスターたちを撃退中に参戦。後方にいたオークリーダーを叩きのめして去っていったらしい。

『巨人族とは会話はなかったのかしら？』

『呼びかけたようですが、命令があったからとだけ答えて帰っていったそうです』

『ほほう。興味深いのう……』

命令ねえ。有翼人も命令で来てたらしいし、なんかバックにすごいのがいるとかそういう？

『エルフは単純に里が襲撃されて逃げてきたみたいね。公国の開拓拠点に避難してるそうよ』

『古代遺跡の塔の近くにエルフの里があったということでしょうか？』

『地理的にはそうかしらね。内戦やら停戦やらのゴタゴタがなければ探せたのかもだけど……』

王国は南東部からは撤退しちゃったからなあ……

◇◇◇

「ばわっす」

『ショウ君』

早めの夕飯、早めのログイン。

美姫のためであって、俺は別に急がないので、ちゃんと洗い物をして七時過ぎに部室へ。

「今日ってベル部長のライブの日だよね。いつから開始するんだろ」

まずはミオンの隣に座って気になってたことを。美姫の話だと、まだ決めてないらしい。

いつもは八時スタートだけど、今日はそれだと襲撃の途中からって感じになりそうだし。

『さっきＩＲＯに行かれる前に聞きました。襲撃が始まったら開始するそうです。今は予定地のままですし、まだ始まってないと思います』

「なるほど。時間的にはそろそろだけど……。まあ、気にしてもしょうがないか」

『はい。それよりも今日公開したレッドアーマーベア戦の動画、すごい勢いで再生されてますよ』

「あ、忘れてた……ごめん」

よそ見してて、足元の石につまづいたみたいで恥ずかしい。

ミオンが見せてくれた動画を見ると、もう五万再生を超えてるし。

プレイヤー視聴者は今日とかずっとＩＲＯで防衛戦してるはずなのになあ。

「変なコメントはなさそう、かな」

『はい。みなさん、ショウ君を褒めてます』

「ははは……」

苦し紛れだったし、褒められることでもないと思うんだけどな。

「んじゃ、俺もＩＲＯ行くよ」

『はい。何かあったら伝えますね』

昼と同じくレオナ様のライブも伝えてくれるとのことだし、俺はまた聞きながら作業にしよう。


『あ、始まりました』

「おおー、人は揃《そろ》ってそう？」

『はい、昼間よりもずっとたくさんですね。ナットさんもいますよ』

人数足りてるなら大丈夫かな。

そういや、セスは「これがラストであろう」とか言ってたけど……

「あ！」

『どうしました？』

「いや、ワールドクエストの達成率って俺も見られるんだったと思って」

メニューを開いて確認すると……

「九四％だって。やっぱりこれで終わる気がするな」

『勝って終わって欲しいですね。あ、モンスターが近づいてきます』

ミオンの実況を聞きながら、俺は俺で作業開始。

まずは一番奥の壁からだけど、ここには勝手口をつける予定なので、間柱を追加予定。

梁との接続には鍛治で作ったL字金具の出番。

『普通のゴブリンやオークみたいですね。また数が増えてますけど』

「どっちも？」

『はい。レオナさんのところもです』

ミオンも特に慌ててないし大丈夫なんだろうな。

玄関扉の両脇にあった間柱は、蹴破った時に破損したので取り替え予定で外してある。それと同じ長さで作れば問題ないはず。

実況を聞きつつ、木材から間柱を作る作業。四本作ってはめてみて、微調整したのちに金具と釘でしっかりと固定。それぞれの扉は後で別途作ることにして壁板を優先。木窓も後回しだな。


「よしよし。それっぽくなってきた」

間柱の交換と追加を終え、奥の壁板も勝手口部分以外全部貼り終えた。

一階へ下りる階段のある場所が、足場を置きづらくて面倒だったけど、そこ以外はサクサクと。

大工レベルのおかげっぽい。

『裏口は外でお料理するためですか？』

「そそ。玄関の石階段は正面に下りるけど、裏口の階段は土間の方に下りる向きにするつもり」

そろそろ、できた後のことも考えていかないとだよな。

石窯は当然土間に置くんだけど、あんまり家の近くには置きたくない。火事が怖いし。

『あっ！』

「ん？　何かあった!?」

『モンスターが一斉に動き始めました。先頭のオークが大きな木の盾を構えてて……奥の方には強そうなゴブリンやオークが結構な数見えます』

「うわ、マジか……」

組織的な行動ってことは、当然、指揮官クラスがいるってことだよな。

『矢と魔法を掻《か》い潜《くぐ》って、壁に取りつきそうです！』

「え……」

大丈夫なのか？　ってか、セスやナットはどうするつもりなんだ？

『あ、ノームさんたちが……すごいです！』

「え？　え!?　何が!?」

ああもう、いったんログアウトして見に行こうかな！

『ノームさんたちの精霊魔法で土壁ができて、そこを乗り越えようとした敵に矢や魔法が』

「おお！」

『セスちゃんが土壁の場所を指示してるみたいですね。あ、ナットさんたちが迎撃に出ました』

それを聞いてほっと一安心。

セスが想定してたことなら、その時の対処もしっかり考えてるはず。

ナットがいてくれれば、セスの智略《ちりゃく》を活《い》かすこともできるし。

『あ、向こうからも魔法が！　大丈夫でした！』

「え？　魔法をどうやって？」

『部長が魔法障壁っていうのを出して、途中で全部迎撃しちゃいました』

「すげえ。ってか、そんな魔法あるんだ……」

ミオンの話だと、なんか透けた壁みたいなのが現れて、飛んできた火球を途中で迎撃&爆発させたらしい。当然、そのあたりにいたザコモンスターに被害が出るので一石二鳥。話を聞く分には、めちゃくちゃ優秀なカウンターマジックな気がする。

『押し返し始めました！』

「勝ったかな？」

と思わずフラグを口にしちゃったけど、どうやらその心配は不要だったっぽい。

『最後に残ったのは「ウルク」っていう、部長たちが以前倒したボスモンスターだそうです』

「なんだ。じゃ、もう大丈夫そうだね」

『はい。部長もセスちゃんもナットさんたちに任せるみたいです』

ああ、ここで新規さんたちの手柄を奪うのもって感じなのか。

ベル部長としては魔法障壁ってので良いところは見せられたんだろうし、ここでまたって出しゃばるのも印象悪くなりそうだもんな。

「レオナ様の方はどう？」

『あ、はい。こちらも終わりそうですね。昼の翼が生えてる人たちが……連携はしてないみたいですがモンスターと戦ってます』

「……なんなんだろ一体」

命令されて来たみたいな話をしてたし、前回何もせずに帰ったのを怒られたとかそういう？

『部長たちの方は終わったみたいですよ』

「開拓拠点も無事だし、ノームとも仲良くなれたし、大成功ってとこかな。あ、達成率も九六％になってるし終わりも近そう」

王国の北西と南西、帝国の北西、公国の南西、聖国でちょうど一〇〇％？

『レオナさんのところも終わったみたいです。最後は同じウルクだったので、レオナさんはパスしてました』

「あー……」

まあ、あの人の場合は『もう勝てる相手とはやらない』だもんな……

ベル部長、セス、ナットたちがいる南西部も、レオナ様がいて『白銀の館』がある北西部も、モンスターの襲撃をしのぎきれたと思う。

あとは帝国と公国と共和国……はないんだっけ、聖国がどうなるか次第かな。

「ベル部長たちは後片付け？」

『はい。ライブの視聴者さんとやりとりしながらみたいですね』

相変わらずというか、すごいよな。

俺は、前回のライブ中とか、チャットはほとんど見れてなかった。

特に質問タイムに入った時とか、名前すら認識できてなかったと思う。

「ヤタ先生は慣れとか言ってたけど、あれ真似《まね》できる気がしないんだよな」

『大丈夫ですよ。私が見ますから』

「うん、よろしく」

『はい！』

んじゃまあ、ミオンがネタにできるように、頑張って壁板張りの続きをしよう。


【ワールドクエストが終了しました】


「おお!?」

『終わったみたいですね』

あれから一時間弱。

山側の壁板を張り終え、海側を張り替えていたところでアナウンスが表示された。

初めてのワールドクエストだったけど、かなり盛り上がったし、またいつからか続きが始まるんだろうな。

「ベル部長たちのライブもそろそろ終わり？」

『はい。もうすぐ九時半ですし』

開始が八時前ぐらいだったたし、結局、いつものライブよりちょっと早く始まって、ちょっと早く終わるってぐらいか。

「また見にくるのかな？」

『どうでしょう？　白銀の館があるところも気になってそうですけど』

「ああ、そりゃそうか。ホントならそっち優先だったはずだもんな」

ライブ終わったら、そっちに移動してから打ち上げとかするのかな？

そういうのはちょっと羨ましいんだよな……


【ハルネ聖国が滅亡しました！】


「『えっ？』」

ハモってしまって、思わずライブカメラの方を見てしまう。

滅亡って……モンスターの襲撃に耐えきれなかったとかそういうオチ？

俺がインターセプトするかたちでフェアリーを救出しちゃったせいだったりするのかな。

『フォーラム見てみますね』

「あ、うん、お願い」

キリもいいところだし、ちょっと休憩にしてワールドクエストの方を確認しよう。

「ワフ」

「お、ルピ、おかえり」

改築の間はルピには好きにしてもらってる。

フェアリーたちの護衛をしたり、一緒に遊んでたりするし、退屈はしてなさそう。

玄関の階段を下り、草むらにあぐらをかいて座ると、ルピが自分の居場所ができたとばかりにその足の間に収まってくる。……もう収まるにはギリギリなぐらい育ってるよな。

「えーっと……」


【ワールドクエスト：生存圏の拡大】

『各国の開拓地を襲ったモンスターの氾濫は、一部被害を出したものの、人類側の勝利に終わった。だが、新たな生存圏の獲得は、新たな種族との出会いを生み、新たな争いの火種にも思えるのであった。

〈リザルト〉
・グラニア帝国：成功：貢献率25％、被害率９％
・ウォルースト王国：成功：貢献率41％、被害率２％
・パルテーム公国：成功：貢献率22％、被害率17％

・ハルネ聖国：成功：貢献率８％、被害率46％
・マーシス共和国：途中棄権：貢献率４％、被害率０％
・その他：評価なし
※所属国家に応じた特殊褒賞が配布されています』

俺はこの『その他』扱いなんだろうなあ。


『戻りました』

「おかえり。これ、リザルトらしいよ」

『なるほどです。ショウ君は……その他ですよね？』

「多分ね」

フェアリーを助けた件は……ワークエの目的に直接関係があったわけじゃないか。

『王国と帝国と公国の人はワールドクエスト成功で５ＳＰずつもらったみたいです』

「おおー、ベル部長たちも頑張った甲斐があった感じかな。って共和国と聖国は？」

『共和国の人たちは1ＳＰだそうです。聖国の人についてはわかりませんでした』

ああ、そりゃそうか。国が滅亡したっていう……

「聖国の滅亡の話って何かわかった？　リザルト見る感じだと『成功』ってなってるから、防衛には成功したと思うんだけど」

『はい。えっと、最後の襲撃でかなり危ない状況になったんですが、それを共和国から来た兵隊さんたちが蹴散らしてくれたそうです』

「へぇー……ってひょっとしてそのまま……」

『です。そのまま共和国の兵隊さんたちから、降伏勧告を出されたそうです』

……ひでぇ。いや、でもまあ、助けてくれた上でだからマシな方なのか？　蹂躙された後で来ても良かったわけだし。

『それでその……兵隊さんたちを率いてたのは、アンシアさんだそうです……』

「マジかー！」

さすが氷姫って感じなんだけど、えげつなさが半端ない。

「ゲームドールズの人たち、よくそれで納得したなあ」

企業系バーチャルアイドルが個人バーチャルアイドルに屈するとか、いくら相手の方が格上（チャンネル登録者数的に）でも抵抗しそうなもんだけど。

『それが……ユニッツの人たちが先に懐柔されてたそうです……』

「心折るのが上手すぎる……」

ユニッツと建国の時に揉めてなければ……、いや一緒か。

その時はその時で別の策略を巡らせるのがアンシア姫だろうし。

「結局、聖国の開拓拠点が共和国の一部になるってことだよね？　ひょっとして……」

『はい。アンシアさんが領主だそうです』

「シミュレーションゲーム始まっちゃったなあ」

アンシア姫のファンってシム系経験者がどっさりいるから、内政には困らないんだろうなあ。

なんなら、レベル上げほったらかしてでも、内政プレイだけしてそう。

「今は王国まで遠いからいいけど、将来的に絶対に魔女ベルにちょっかい出してくるんだろうな」

『そう思います……』

しかし、ＭＭＯでそんなことされると、ベル部長だけじゃなくて、セスやらナットやらいいんちょまで巻き込まれるのがなあ。

「そいや、降伏したゲームドールズの人とかファンの人とかってどうしてるの？」

『詳しいことはわかりませんが、ゲームドールズの人たちはログアウトしちゃったそうですよ』

きっつい。しかも仕事だもんなー……

『ファンの人たちはスッキリしたみたいで、そのままそこでプレイする人が多いみたいですね。アンシアさんがお金を出すので、ゲームドールズの人たちとプレイヤーズギルドを作って回して欲しいという話が出たそうです』

防衛戦ですっかり疲れ果てて、抵抗する気も起きないんだろうな。

で、そこにすかさず飴《あめ》を持ってくるあたりがまた。

「まあ、本人たちが楽しんでるならいいか」

『ですね』

俺たちがそれ言うのかって話だけど……

［防衛大国］ウォルースト王国・王都広場［先制的自衛権］
【一般的な王国民】
南西側も北西側も防衛戦終了！
お疲れさま！☆*:.｡.o(≧▽≦)o.｡.:*☆
【一般的な王国民】
補給部隊、マジありがとう！
物資で困ることがなかったの、ホント助かった！
【一般的な王国民】
だねえ。矢とか足りなくなるの覚悟してたけど、全然そんなことなかったｗ
【一般的な王国民】
南西部、ノームたちはしばらく滞在させます。
しばらく偵察を入れて、帰る時は護衛する予定。
【一般的な王国民】
見に行きたい！　なでなでしたい！
【一般的な王国民】
お触り禁止で。まあ、本人たちがＯＫすりゃいいけど……
【一般的な王国民】
お菓子買っていかないと！

【一般的な王国民】
手作りでもええんやで？
【一般的な王国民】
消し炭渡してどうするのさ！
自分で書いてて虚《むな》しくなってきた……
【一般的な王国民】
北西の有翼人だっけ？　あいつらどうした？
【一般的な王国民】
なんも言わず飛んでったぞ。最初の印象が最悪だったから、どうでもいい話だよ。
【一般的な王国民】
めっちゃ高圧的で感じ悪かったよな。助けて欲しくば頭を下げろとかないわー。
【一般的な王国民】
レオナ様ブチ切れしてて、そっちの方が怖かったわ！
【一般的な王国民】
仲裁してたおじさまが渋かった。今度お茶とか誘ってみようかな……
【一般的な王国民】
は？　ハルネ聖国滅亡？？？

†横行覇道† グラニア帝国・帝都凱旋門下 †力こそパワー†
【一般的な帝国民】
ふははは！　大・勝・利！
【一般的な帝国民】
大勝利って感じじゃねえよw
【一般的な帝国民】
正直、巨人さんたちがフォローしてくれなかったら、結構やばかったかもな。
お礼言いたかったんだけど、あっさり帰っちゃったね。
しかし、二メートル余裕でオーバーしてる美男美女って……すごい圧。
【一般的な帝国民】
ヤック？
【一般的な帝国民】
デカル？
【一般的な帝国民】
消されるっつってんだろw
【一般的な帝国民】
しばらくはのんびりできるかね？
【一般的な帝国民】

さすがに塩内戦からの防衛戦で張りきりすぎて疲れた。
休ませて欲しい……てか、金使う暇が欲しいぞ。
【一般的な帝国民】
お、褒賞SPキタコレ！　５はめっちゃありがたい！
【一般的な帝国民】
共和国はワークエ褒賞が１SPだってよw
【一般的な帝国民】
ざまぁ！ww
【一般的な帝国民】
これもう、とっとと公国と組んで共和国倒す流れだよなw
【一般的な帝国兵】
ちょ！w　ハルネ聖国滅亡した！www
【分離独立】パルテーム公国・帝都凱旋門下【徹底抗戦】
【一般的な公国民】
終わった……かな？
【一般的な公国民】
終わったと思う。お疲れ。ホントお疲れ……

【一般的な公国民】

運営、容赦なさすぎだろ。こっちには著名Vも廃プレイヤーもいないってのに……

【一般的な公国民】

NPCエルフたちが避難してきたのが、ある意味、救済措置なんじゃないかな？

【一般的な公国民】

精霊魔法での土壁や茨の道、加えて弓の名手揃いで、タワーディフェンス的に強ユニットだし。

【一般的な公国民】

え？　ハルネ聖国滅亡？

【一般的な公国民】

押しきられたってことか？

【一般的な公国民】

いや、ワールドクエストのリザルトでは成功になってる。

何が起きてるんだ……

¥千客万来¥　マーシス共和国・大聖堂　¥商売繁盛¥
【一般的な共和国民】
お疲れ～（疲れてない）
【一般的な共和国民】
は？　何このリザルト？　途中棄権って？

【一般的な共和国民】
え、褒賞が1SPってしょぼくない??
【一般的な共和国民】
王国、帝国、公国は5SPだってよ……
【一般的な共和国民】
うわー、マジかー!!!
金よりSPの方がいいに決まってるじゃん!(ぐにゃぁ)
【一般的な共和国民】
高みの見物は許さんという運営の強い意志を感じる……
【一般的な共和国民】
え? ハルネ聖国滅亡?
【一般的な共和国民】
滅亡ってリザルトは成功になってるぞ?
【一般的な共和国民】
はいはい、現地から報告するぞ~。
ハルネ聖国は! マーシス共和国に! 無条件降伏しました!
【一般的な共和国民】
は? どういうことだってばよ?

【一般的な共和国民】

聖国がモンスターの襲撃に耐えきれそうにないのを確認。

駆けつけた共和国軍がそれを救ったんだけど、統治能力なさそうだし降伏してねってことで。

【一般的な共和国民】

ゲッス！　血も涙もないな！

【一般的な共和国民】

そりゃ、アンシア姫が率いてるんだもの。

血も涙もないけど恩は売るぞ？

【一般的な共和国民】

ごく普通にMMORPGしてたのは全部ブラフだったのか……

【一般的な共和国民】

すいません。前言撤回した上で全面謝罪いたしたく！

……土下座でよろしいでしょうか？

【一般的な共和国民】

めっちゃ和気藹々《わきあいあい》とプレイしてて、それならベルたそやレオナ様のいる王国スタートで良かった
のにとか言われてたなw
【一般的な共和国民】

アンシア姫はベルたそを見るとついいじめちゃうから……

【一般的な共和国民】
つまり、今回もベルたそをいじめたくて、わざと共和国スタートした？？？
【一般的な共和国民】
ただのドSですな。
【一般的な共和国民】
あれはベルたそが「押すなよ！　絶対押すなよ！」ってフリをするのも悪いｗ

【女神降臨】ハルネ聖国・雑談スレッド【ゲームドールズ】
【システムアナウンス】
ハルネ聖国は滅亡しました。
このスレッドは二四時間後に凍結され、以後、閲覧のみ可能となります。
【敬虔な聖国民】
そんな機能ついてたんだｗ
【敬虔な聖国民】
いやー、みんなお疲れ！
【敬虔な聖国民】
おつおつ！
楽しかったね！

【敬虔な聖国民】

最後盛り上がったねー！

みんな「ここは俺に任せて先に行け！」って言いたすぎでしょｗ
【敬虔な聖国民】

共和国軍が来てモンスター蹴散らし始めた時は「ユウジョウ！」とか思ったけど……

【敬虔な聖国民】

いずれはと思ってたし「デスヨネー」って感じだよな。

相手が氷姫アンシアなら致し方なし。

だが、ユニッツは許さん！

【敬虔な聖国民】

ユニッツとファンの子たちが来てくれてたらってのはあるよな……

【敬虔な聖国民】

そこはそれ、最初に住み分けしようって協定だし、しゃーなし。

仮にヘルプに来てくれてたとしても、その時はユニッツがいた場所をアンシアに取られて……

【敬虔な聖国民】

だろうな。

で、それの責任問題でゴタゴタしてるところを攻められる。

【敬虔な聖国民】

隙を生じぬ二段構え！
ま、ウォーシムでアンシア姫を敵にしたら終わるよｗ
【敬虔な聖国民】
あーあ、ハルネちゃんたち落ちちゃった。
ＩＲＯ辞めちゃうのかねえ……
【敬虔な聖国民】
どうだろうな。
今日のライブは投げ銭めちゃくちゃ飛んでたし、売り上げとしては大成功だからな。
ここからまた這《は》い上《あ》がるストーリーも悪くない……違うかね？
【敬虔な聖国民】
それは……いいじゃないか！ｗ

閑話　ＩＲＯ運営　ワールドクエスト終了

都内某所。六条記念博物館の地下深く。

ＩＲＯの開発運営を一手に引き受ける六条ソフトがそこにある。

「ふう……」

一つため息をついて、ゲーミングチェアに深く体を預けるのは、ＩＲＯ総合プロデューサーの山《や》崎《ざき》美《み》紗《さ》――ミシャＰ。

今はライブ配信中のプレイヤーの様子をマルチモニターで眺めているところだ。

ＩＲＯ初めてのワールドクエストは無事に終わったように見える。

「お疲れさまです」

ノックもなく部屋に入ってきたのは、ゲームマスター統括の雑《さい》賀《か》ちよこ――ＧＭチョコ。

上司に対する気遣いなどは全く見られず、そのままソファーへと腰掛ける。

「終了処理も褒賞配布も問題なし。問い合わせＡＩからのエスカレーションもなしですね」

「オッケー。反響の方はどう？」

「直近三時間のプレイ解析結果ですが、『すごく良かった』『良かった』が八二％。『悪かった』『すごく悪かった』が七％。残り一一％はログインしてない人です」

「そんなに良いのは逆にびっくりだね」

反動をつけてゲーミングチェアから立ち上がったミシャＰは、そのまま棚の上にあるコーヒーサーバーに向かう。

「あ、私の分も」

「はいはい」

上司と部下という関係には全く見えない二人。ただの仲の良い友だち同士の気軽な会話。

それはあくまで『この部屋の中だけ』という二人の決め事だ。

「ちなみに不満だった人たちの理由って？」

「あー、『すごく悪かった』はユニッツのファンの子たちです。全く良いところなしでワークエ終わっちゃったんで」

「それ自業自得だし……」

そう答えつつ、ＧＭチョコにコーヒーを渡す。

「まあ、アンシアが巧妙だったとしか言いようがないですね。ユニッツは戦うとなると、ファンの子たちにデスペナを負わせる危険性もあったわけですし」

「男は辛いねえ」

アンシアが率いていたのは、自身のファンに加えて、共和国の有力者から借り受けた兵士たち。

頭数はほぼ同じだったが、ＮＰＣ兵士はとにかくタフな設定にしてあるので、勝ち筋は限りなくゼロに近かった。

「じゃ、『悪かった』は？」

「共和国の一部プレイヤーですね。途中棄権扱いは酷いと」

リザルトで途中棄権扱いになった共和国プレイヤーへの褒賞は１ＳＰ。成功した国所属のプレイヤーへの褒賞５ＳＰと比べて低い点が不満らしい。

「それも自業自得。勝手に開拓して、勝手に建国したハルネ聖国を放置してるのが悪いってことで」

「なんていうか両極端でしたね。あの状況で勝手に建国するのもすごいし、それを関係者以外はただ様子見するっていうのも」

ミシャＰとしては、実装済みだったとはいえ、建国がこれほど早期に行われるとは思っていなかった。

無人島スタートしたショウが建国宣言をそっ閉じしたと聞いて「そうだよね」と思ったぐらいだ。

逆にハルネが建国宣言したという報告を受けた時は、「は？」と間抜けな答えをしてしまったのだが……

「共和国の上層部ＮＰＣのＡＩ設定、ちょっと臆病にしすぎたかな？」

「うーん、共和国の大商人とか教会幹部って実戦経験がないし、無茶は言わない今ぐらいでいいと思いますよ？」

「だよねえ。あんまりＮＰＣの主張を強くすると、プレイヤーの選択の幅が狭まるし……」

コーヒーを机に置いて、ぽすんとゲーミングチェアに座り直すミシャＰ。

共和国に限らず、王国も帝国もストーリーライン以外のことには深く関わらないよう、ＡＩ設定を消極的に振っている。

ＩＲＯはあくまでプレイヤーが歴史を作るゲーム。だからこそＮＰＣは余計なことはしないようにしているのだが……

「もうちょっとこう、ガツガツくるプレイヤーが多いかと思ったんだけど」

「ライブ配信してるバーチャルアイドルは、ネタに飢えてガツガツしてますけどね。普通のプレイヤーは仲間と楽しくゲームできることが最優先ですって」

「まあそうだよね……」

そう言って見やる先に映るのは、雷帝レオナや魔女ベルたちが打ち上げをしている様子。

王国は被害率もかなり少なく、プレイヤー人口的にも一人勝ちに近い状態。

「うーん、王国が有利になりすぎたかな」

「いいんじゃないですか。まだまだ新規プレイヤー増えてますし、次のワークエが始まるまでは王国スタートがおすすめってことで」

そう言ってコーヒーを一気にあおってから続ける。

「で、明日のアプデの変更内容が割り出せたので、最終チェックして欲しいんですけど」

「はいはい」

ミシャPが手元に転送されたそれを確認して、ふむふむと頷く。

「初期無償習得スキル、やっぱり共通は【鑑定】【解体】ね。種族別ではヒューマンが【採集】、エルフが【木工】、ドワーフが【細工】、ハーフリングが【気配遮断】か。

うん、妥当な線だと思うし、明日の正午からこれで行きましょ」

ワールドクエスト後に新キャラを作成した時、先行プレイヤーが有利なのはしょうがない。かといって差がつきすぎるのもよろしくない。

その差を少しだけ埋めるのが『初期無償習得スキル』というシステム。

既存ユーザーの習得スキルを集計し、最も習得され、かつ、恒常的に利用されているスキルを無償で習得済みにしておく仕様だ。

「じゃ、これで設定しますね。ポチっとな」

「ちなみに、設定前だと3SP持ってる状態にもうなってたんだよね？」

「ええ、確認済みです」

ワールドクエストが終わった後から、GMチョコが設定した明日正午までの間にキャラが作られた場合は、初期に3SPを余分に持つことになる。

「で、レアリティーダウンは……やっぱり【調教】か」

「調教スキル、必要SPが9から4に下がるんですけど、これユーザー怒りません？」

「たくさんの人がそのスキルを習得した。つまり、技術が一般化したので、レアリティーダウンは当然」

これも先行ユーザーが有利すぎないための対策の一つ。

だが、GMチョコ的には懸念点もある。

「レアスキル情報は極力広めない、みたいな動きにならないか心配なんですけど」

「それはそれで良いって。仲間内だけでレアスキルを占有しても、どこかで詰まって他人に聞くしかなくなるから」

すでにこの試みは概《おおむ》ね成功している。

何かしらのスキルの習得やレベル上げに詰んだ場合、ほとんどのプレイヤーが公式フォーラムで情報収集してるのを知っているからだ。

「最悪、公式でプロモムービー出して、そこでバラせば良いしね」

「またそんな悪どいことを……」

これも既に一度やって、効果は確認済みである。

「それより、アクターの皆さんは準備オーケー？」

「はい。というか、あの人はもう勝手に始めてましたけど」

「言葉が通じない設定にしてるし大丈夫でしょ」

手をひらひらさせてそう言うミシャＰだが。

「なんか、フェアリーたち引き連れて無人島行っちゃいましたよ……」

「は？」

06　水曜日　姉、襲来！

「忘れ物ないか？」

「うむ！」

ミオンの家にお邪魔する日ということで……若干、胃が痛い。本当に痛いわけじゃないけど。

とはいえ、ミオンとバイト（？）をしている以上、挨拶ぐらいはしておかないとなあと思うし。

「じゃ、ホームセキュリティーを『不在』に……」

そう思ったところで、玄関扉の向こうから足音が近づいてきて、

「ただいま！」

「姉上！」

美姫がカバンを置いて真白姉に飛びつく。

「美姫！　大きく……なったよな？」

「クックック、一センチ伸びたぞ！」

身長一八〇センチ弱。母さんに似てすらっと背が高く、一見すればすごく美人に見える自慢の姉だ。喋らなければだが……

「あぁ？　翔太はおかえりもねーのか？」

「ああ、ごめん。おかえり、真白姉。けど、いつ帰ってくるかぐらいは言っといてくれ」

何もこのタイミングで帰ってくるのかよっていう。

「ん？　二人とも今から出かけんのか？」

「うむ！　兄上が件《くだん》の女子《おなご》の親に会うというのでな。我は保護者として同行するのだ！」

「じゃ、あたしもついてって良いよな」

はあ、やっぱりそうなるよなあ……

「駅前で待ち合わせだから、そこでちゃんと相手に了解とってくれ」

「おう！」

こんなことなら、もっと早くにミオンの家に行っとくべきだった……


「ふーん、そんな繊細な子なんだな」

駅までの道すがら、ミオン……出雲《いずも》さんとの間柄について、最初から説明させられた。

なんにしても、今日呼ばれてる理由、部活＆バイトのことでミオンの親御さんと会わないとっていう話は、真白姉にはちゃんと説明しておかないとまずい。なので、それはいいんだけど、

「姉上はＩＲＯを知っておるのか？」

「ああ、知ってるぜ。今、めちゃくちゃ流行《はや》ってるし、寮でもやってる奴いるしな」

「え？　寮ってめっちゃ厳しいんじゃないの？」

「お前、今どきネットで遊ぶなとか、あたしの大学は軍隊じゃねえぞ」

ウェアアイディで個人認証が取れるので、フルダイブゲーム禁止とかにはなってないらしい。

「ひょっとしてもうプレイしてんの？」

「いや、やろうって誘われてんだけどよ。よくわかんねーから、美姫に聞きに帰ってきたんだよ」

「任された！」

なんか、ＶＲＨＭＤもお高い最新機種を買ったらしい。仕送りを使う先がなさすぎなんだとか。

「ゲーセンにも入っちゃいけねーんだぞ、うちの大学。てか、そもそも周りに遊べる場所がねーんだけどよ……」

さすがお嬢様大学。リアルの素行には厳しいんだな。

そうこうしているうちに駅に到着。

待ち合わせは向こう側、ロータリーの方だって話だけど……一〇分前だからまだかな？

「む、あれではないのか？」

「ん？」

ロータリーの端、あまり使われない自家用車用の車止めの方を指す美姫。その先には……

「あ、あれだ。早いな」

「へぇ……」

真白姉がなんか感心してるが、ともかく移動。

「ミオン、お待た……せ……」

あれ？　なんか、普段はぼさぼさな髪なのに、しっかりウェーブヘアって感じになってるし、ちょっと隠れてて見えなかった目は猫っぽい感じ……

「？」

「心配はいらんぞ。兄上はミオン殿に見惚《みと》れておるのだ」

「あ、ごめんごめん。学校と全然印象違ったから……」

……本当にちょっと見惚れてたかも。

いやいや、それはいいとして、ミオンの目線の先には、

「そうそう、こっちの背が高いのが真白姉。熊野《くまの》先生が担任してたっていう。ちょうど出掛けに帰ってきて、一緒に行くって言い出して……」

「真白だ。よろしくな」

「ぃ……出雲澪《みお》、で、す」

ううう、なんか無理させてるようで、めちゃくちゃ申し訳ない……。

逆に真白姉はめっちゃキラキラした目をして、

「この子可愛すぎだろ。翔太にはもったいなくね？」

「あぅ……」

ミオンの頭を撫でている。

「真白姉、やめろって。……怯《おび》えてるだろ」

「おっと、わりぃわりぃ」

真白姉が手を離すと、ふるふると首を横に振る。

怯えてないってことだろうけど、そこは無理しなくていいから。

「乗ってくださぃ……」

「りょ。って……これ？」

いやまあ自家用車の車止めにいるわけだし、そのミオンの後ろにある車に乗るんだろうなって思ってたけど……すごい高級車に見える。

ミオンはこくこくと頷くし、間違いないんだろうな。そういや、母親が会社を経営してるとか言ってたっけ。

「姉上！　兄上！　早《はよ》う乗ろうぞ！」

「お、おう……」

真白姉ですら、ちょっと引いてるもんな。

二人を先に乗せ、俺とミオンが続くんだけど……向かい合って座る車とか初めてだよ。

『お嬢様、よろしいでしょうか？』

「ん……」

なんかスピーカーから運転手さんの声が。女性？　でも、前が見えなくなってるし！

オートルートバスをペットボトルのジュース一本分で利用できる時代に、わざわざ自家用車を、それも運転手を雇って持ってるとか。

さっきも『お嬢様』とか言われてたし、ミオンの親御さんの会社って大企業なんじゃ……

「？」

「あ、なんでもないよ」

覗き込まれると、それどころじゃないぐらいドキッとするのでやめてください……

まるで滑るように走る車に乗って一〇分弱。

大通りを左に折れて入っていったのは、高層マンションの地下駐車場かな？　その一番奥まで来て、静かに停止したところで、

『到着しました』

カチャリとドアのロックが外れ、扉が勝手に、いや、外から開けられた。

「お帰りなさいませ」

扉を開けてくれたらしいスーツ姿の女性が、ミオンに向かってそう告げる。

ミオンが降り、俺、美姫、真白姉と降りたところで、

「ようこそおいでくださいました。伊勢《いせ》翔太様、美姫様と……そちらは？」

「長女の真白です。突然お伺いしてしまい申し訳ありません」

真白姉、まともな言葉遣いできてる！

そんなことに驚いていると、ミオンがそのスーツの女性に頷く。

「失礼いたしました。では、ご案内いたします」

そう言って通路の方へと。

ミオンがいつの間にか俺の袖を摘《つま》んでいて、ちょいちょいと引っ張る。

「うん、お邪魔します」

どこからがミオンの家なのかわからないんだけど……

ふと見ると、美姫も緊張してるのか真白姉と手を繋いでるし。

いや、逆かな？　緊張するのは真白姉の方だよな。美姫は完璧に猫かぶれるし……

エレベーターが静かに停止したのは最上階。最上階かー……

「こちらへ」

先導されるので、ついていくしかない。

ミオンにとっては普通のことなのか、いつもの――教室にいる時のようなごく普通の表情。

それにしても、完全にオフィスっぽいんだけど、ミオンはここに住んでるのかな？

あと、台所ってどうなってるんだろ……

突き当たり、一番奥の部屋。スーツの女性が社員証っぽいものをかざし、

「お嬢様と伊勢様ご兄妹《きょうだい》が来られました」

扉のロックが外れた音を確認し、その扉を開けてくれる。

「ん……」

相変わらず袖を摑まれたまま引っ張られて中へと。真白姉と美姫が続く。

「ちょっと、ちょっとだけ待ってね」

部屋の奥、豪華な社長机の向こうで、何か仕事をしているっぽい女性の声。

多分というか間違いなくミオンのお母さんなんだと思う。

「みなさん、お掛けになってください。お茶をお持ちします」

挨拶の前に座っていいものなのかな？　こういう時ってどうするんだ？　座ると失礼？　座らない方が失礼？

困ったなあと思ってたら、やっぱりまた袖を引っ張られてソファーに連れていかれ、ミオンがぽすんと座ってしまった。

向かいのソファーの真白姉を見ると、一つ頷いてから、美姫と並んで腰を下ろしたので、俺もそのまま座ることに。

「ごめんなさいね。もうちょっと待ってね……」

社長机の向こうからブツブツとそんな言葉が聞こえてきてるんだけど、ミオンは無表情というか、慣れてるのか……

退室していたスーツの女性が、今度は人数分のお茶をそれぞれの前に置く。ぱっと見でわかるお高そうな緑茶から良い香りが漂う。

「はぃ……」

俺の前に置かれたお茶を手に取って渡してくれるミオン。

社交辞令的なお茶とかじゃないから、遠慮せずに飲めってことだよな……

それを見て、真白姉も美姫もお茶に手を伸ばす。

……あ、めっちゃうまい、これ。どこのお茶っ葉なんだろ。

それにしても、忙しい感じなら挨拶は後にして、お昼の準備を始めたいんだけど。

そんなことを考えていると、ミオンの目がスーツの女性に向けられ、その女性がつかつかと……

「社長？　そろそろ、お嬢様のご機嫌が……」

「はい！　はい、終わりました！」

そう答えてシャキッと立ち上がる。

やっと見えたその顔は確かにミオンによく似てるんだけど、うちの母さんよりも年上っぽい？

「翔太、美姫」

真白姉からちゃんと立って挨拶しろっていう意図が飛んできたのでその通りに。

ミオンがちょっと不思議そうな顔をしてるけど、普通はそうだからね？

「はじめまして、澪の母で雫《しずく》です。娘がお世話になってます」

「伊勢翔太です。出雲さん、澪さんには俺の方がお世話になってるっていうか……」

「いえいえ、ちゃんと聞いてますよ。毎朝、電車で澪のことガードしてくれてるとか、帰りも一緒にいてくれるとか」

あ、あー……、はい。そうですけど、なんで普段からあの車で送り迎えしないのっていう、いや、それはよくって。その前に、

「えっと……」

「姉の真白です。本日は急にお邪魔してしまって申し訳ありません」

「妹の美姫です」

「いえいえ、大歓迎ですよ。それと呼び出すかたちになっちゃってごめんなさいね。しかもご飯まで作ってくれるとか。本当ならこちらがご馳走《ちそう》すべきなんだけど、澪がどうしてもって……」

「はあ……」

さっきの感じもそうだけど、ずいぶんとミオンに甘い気がする。

「ごめんなさいね、わがままな娘で。あの人が生きてればもうちょっと……。その話は余計だったわね。ささ、座ってちょうだい」

雫さんがお誕生日席、一人掛けソファーに座るのを確認し、俺たちも腰を下ろす。

とりあえず、部活とバイトの話を切り出そうと思ったんだけど、

「熊野先生から二人の部活とバイトの話はきちんと聞いてありますよ。それで翔太君にはお金のことについて、きちんと説明しておかないとと思ってたの。まずはこれを受け取ってちょうだい」

そう言うと、スーツの女性から俺、真白姉、美姫に渡されたのは……名刺？

『株式会社　ＵＺＵＭＥ　代表取締役社長《だいひょうとりしまりやくしゃちょう》　出雲　雫』

あれ？　ＵＺＵＭＥって結構有名な芸能事務所だったと思うんだけど、まさか……

「熊野先生とも相談して、澪はＵＺＵＭＥ所属のタレントの一人ということにさせてもらったわ。親の会社であれば学校も文句は言えないでしょうってね」

な、なるほど……

「このことはここだけの話でお願いね」

「はい」

ていうか、そんなのバレたらアイドルになりたいとかいう子がミオンに殺到しかねない。

「それでね。うちで新たにバーチャルアイドル専門の子会社を用意したの。澪と翔太君で稼いだお

金はそこの売り上げということにしますね」

「は、はい」

雫さんが社長を兼任。バイトとしてミオンを雇ってるかたちになったらしい。

ミオンの稼ぎだからそれで当然いいんだけど……って美姫の合宿の旅費の話があったか。

「本来なら、澪が稼いだお金の半分は翔太君に渡すべきなんだけど……」

「いや、俺はただ遊んでるだけですし」

「そういう捉え方はダメですよ。その人が写真に映ることで価値があったりしますからね」

うっ、確かにモデルさんとかはそうだよな。

「熊野先生から、売り上げの一部を学校の寄付金にという話がありましたが、あまり多過ぎても困るそうです。何かしら澪と翔太君が活動に必要なものがあれば、それはその子会社の経費で購入して貸し出すというかたちにしましょう」

「はい」

例えば、俺がVRHMDを最新機種にするとして、会社に買ってもらって俺は無償で借りてる感じでいいのかな。

美姫の旅費は……ベル部長が経費でって言ってたから、それはそれでいいのか。

ヤタ先生は？　いや、大人だし自前で出すんだろうな、きっと……

「その上で、余ったお金は二人が大人になるまで貯金しなさいね。ちゃんと働いてお金を稼げるようになったら、相談して使ってちょうだい」

「わかりました」

「じゃ、あれを」

その言葉にスーツの女性から手渡されたのは、一枚のアカウントカード。

「え、これって？」

「その子会社の口座のカードですよ」

「いやいやいや！　さすがに俺がこれを持つのは！」

そこまで言ったところで、ミオンがグッと俺の腕を摑む。

そのまま、じーっと見つめられて……

「……わかりました。預からせていただきます」

「うん」

「はい。この話はこれでいいわね。何か問題があったら……」

そこで初めてスーツの女性が自己主張する。

「椿《つばき》と申します。お嬢様の身の回りのお世話を担当させていただいておりましたが、この度、子会社の方の経理なども担当させていただくことになりました」

「は、はい。よろしくお願いします」

税金関係なんかは全て椿さんが面倒を見てくれるとのこと。

めちゃくちゃありがたい話なんだけど……本当にこれでいいの？

ミオンのお母さん、雫さんはまだ仕事が残っているということで、いったんそこまでに。昼食ができたら降りてくるとのこと。

俺たちはというと、エレベーターで一つ下の階に下りた。このフロアが家だそうで……

「良いのかなあ……」

銀行のカード、しかも、ちゃんとした会社の法人カードを預けられるってどうなんだろう。

いやまあ、信用してくれてるってことなんだと思うけど……

「まあまあ、合格点だったな」

真白姉が俺の頭をヘッドロックした上でぐりぐりしてくる。

本人は十分手加減してるつもりなんだろうけど、割とマジで痛いので勘弁して欲しい。

「うむうむ」

美姫もようやく緊張がほぐれたのか、いつもの口調に戻っている。

ミオン曰く、椿さんには気を使わなくていいとのこと。美姫の普段の口調も伝えてあるそうだ。

それに何より、雫さんも椿さんも、ミオンやベル部長のライブなり動画なりはしっかりとチェックしてるらしい。

子会社は形だけのものなのかと思ったけど、割と本気で進出を考えてる気がする……

「みなさま、こちらへ。お荷物もこちらへ運んでありますので」

椿さんが案内してくれたのは、二〇畳以上はあるリビング。

あ、あれって、最新のエアディスプレイ？　すげえ……

いや、それはいいとして、ここで昼食って感じではなさそうで……

「すいません。お昼を作るつもりで来てるんですけど」

「はい、お伺いしております。こちらがダイニングとキッチンになりますので」

入った部屋の左手に繋がってるっぽい。

もう一一時半を回ってるし、さくさくとお昼作らないと。

どれか一品というと好き嫌いもあるだろうし、中華は何品もあった方が楽しいし美味《おい》しい。

「じゃ、俺は料理してくるけど」

袖を摑んだままの状態のミオンにそう告げると、ちょっと不安そうな……真白姉と美姫と三人になるのが怖いのか。

ただ、別に嫌ってわけでもないよな。だったら、最初から美姫も呼んでないだろうし。

とりあえず、ミオンもできる話のネタを用意して……

「美姫、真白姉のＶＲＨＭＤの設定、今やっとけば？」

「おお、そうだの！　澪殿も手伝ってくれぬか？」

「ってわけだから、お願いできる？」

「うん」

そう答えると、やっと手を離してくれて、真白姉たちの方へと。

俺も美姫もＶＲＨＭＤは持ってきたし、真白姉は美姫に教わるために持ってきてたのでちょうどよかった。

ＩＲＯを遊ぶにはＰＣ《パーソナルコア》が必要だけど、ＶＲＨＭＤの初期設定とウェアアイディ取得まではなしでできるので。

「では、こちらへ」

「あ、すいません」

「いえいえ。翔太様はお嬢様の扱いが上手ですね」

「はあ……」

扱いって言い方はどうなんだろって気がするんだけど、他に言いようもない。

案内されるままに、意外と小さいダイニングを通り過ぎて、その奥にキッチンが。

「ご指示いただいていた食材はこちらに」

冷蔵庫でかっ！　というか、冷蔵庫って必要以上にでかいと食材買い過ぎて、結局鮮度がイマイチになって良くないと思うんだけどな。

「うわぁ……、こんな高級そうなお肉とかじゃなくていいんですけど」

「いえいえ、雑な素材では申し訳ありませんし」

とニッコリ。これで不味《まず》くなったら、俺の料理の腕がいまいち過ぎるみたいな話になるから、逆にプレッシャーなんだけど。

まずはご飯炊こうとしたら、炊飯器も最新型っぽくて二〇分弱で炊き上がるやつらしい。

無洗米を一応軽くといでぽちっとセット。おかずが多いし、五合あれば大丈夫のはず。

持ってきたエプロンを身につけ、さっそく酢豚の下拵《したごしら》えでもと思ったんだけど……

椿さん、ずっとここにいて俺を見張ってる感じなのか？

「お邪魔でしょうか？」

「あ、いえ。見てるんでしたら、手伝ってもらえると助かるなーとか……」

正直、あんまり時間がないので、野菜切ったりするの手伝って欲しい。

「申し訳ありません。私が料理をお手伝いしてしまうと、お嬢様に怒られますので。出来上がったものを運ぶのはお任せください」

「はあ……」

ミオンが何を怒るのかよくわからないけど、運んではくれるんだ。

まあ、深く考えないように、気にしないようにしよう……


ニラ玉、酢豚、麻婆豆腐《マーボーどうふ》、回鍋肉《ホイコウロウ》、青椒牛肉絲《チンジャオロースー》に中華スープ。こんなもんか。

どれもこれも、家中華って感じだけど、本格中華とか作れるわけでもないし。時間があれば餃子《ギョーザ》作りをみんなでとか思ってたんだけどしょうがない。

すでに出来上がった料理は椿さんが運んでくれている。ご飯はおかわり用のおひつが準備してあってちょっと驚いた……旅館っぽい。

「兄上、早うせい。もう、皆揃っておるぞ」

「あー、すまん」

美姫が待ちきれなくて呼びに来てしまった。

後で困らないように、ちょっと先に洗い物する癖が……

「すいません。お待たせしました」

「いえいえ、すごいわね！　こんなにたくさん料理してくれるなんて思ってなかったもの！」

となかなかテンションが高い。

ところで……俺の席ってここでいいの？

雫さんの向かいだし、隣にミオンが座ってるし。(更にその隣に椿さん)

雫さんの隣に真白姉、美姫と並んでるのはいいの？　年齢的にはあってる？

もう座るしかないか……。真白姉も「腹減ってんだから、早く座れ！」って目をしてるし……

「さあ、いただきましょう」

その声にさっそく取り箸を確保する美姫。お前なあと思うものの、待たせた俺も悪い。

で、ミオンはどれから食べようか迷ってる風？

「俺が取ろうか？」

「ん……」

最初は無難そうな青椒牛肉絲あたりからかな？

回鍋肉や酢豚は家によって味も好みもだいぶ違いそうな気がする。

辛い方が良かったり、甘い方が良かったり、酸っぱい方が良かったりと様々。

「はい。口に合わなかったらダメって言って」

こくこくと頷いてくれる。

真白姉も美姫もそういうところはシビアで「今日のはちょっと辛すぎた」とか言ってくれる。そのおかげで、そこそこマシな料理が作れてるんだと思うけど、それがミオンの口に合うかどうかはまた別なわけで。

ちょっとドキドキしながら、ミオンが青椒牛肉絲を口に運んで……

「……！」

「あ、うん、良かった」

普段、これより絶対に良いもの食べてる気がするんだけどなあ。

高級なものばっかり食べてると、逆にってことだったりするのかもだけど。

「翔太君、すごく美味しいわ！」

「ありがとうございます」

雫さんにも好評なようで何より。

真白姉と美姫はまあ……褒めるよりも態度でわかる。

あと椿さん、神妙な顔しながら美味しそうに食べるっていう……謎な人だな……

なんだかんだと、みんな結構ちゃんと食べてくれて、全ての皿が空っぽに。

真白姉、中華とか久々だからって食い過ぎだよ……

「満足した？」

「うん」

普段は少食っぽいミオンも、どれも美味しそうに食べてくれた。

まあ、A５牛の青椒牛肉絲とか、高級豚の酢豚、特級卵のニラ玉とか反則だもんな。

「ごちそうさま。とても美味しかったわ」

「ありがとうございます」

「そんなに気を使わなくても平気ですよ。真白さんも美姫ちゃんも普段通りで」

やっぱりバレてたか。まあ、今さらって気はするよな。

二人が顔を見合わせてるけど、だからといって突然ハメを外すのも違うだろうし。

「それと、もう気づいたと思うけど……、澪も私も普段は外食か出前で済ませてるの」

やっぱりそうだよなあ。食材はとにかく良いやつを揃えましたって感じだったし、何より料理道具も食器も、多分、炊飯器も新品だったと思う。

つまり、普段は全く料理とかしてないっていう……仕事で忙しいんだろうな。

「お茶をどうぞ」

椿さんが淹《い》れてくれたんだけど、中華だったのに合わせて鉄観音茶。お茶を入れる道具だけある感じ？　料理の前に淹れてくれたお茶も美味しかったし、そこは椿さんの趣味とか？

「椿が料理できれば良いのだけれど……」

「残念ながら食材を無駄にするだけかと」

そうなんだ。というか、それで手伝わなかったってこと？

さすがに包丁ぐらいは使え……うちの母さんは無理だったな。うん。

「しょうがないわね。その分、椿には事務仕事の方で頑張ってもらいましょう」

「はい」

それはそれでありがたいんだけど……

「あの……、なんで、登校の時にわざわざ電車で？」

自家用車があって、椿さんがいるなら、送り迎えしてもらえばいいと思うんだけど。

「小中と椿が送り迎えをしていたのだけど、高校生にもなって一人で電車に乗れないのはダメでしょう？」

「まあ……、そうですね」

でも、いきなり一人でってのも……ん？

「ひょっとして、椿さん、普段から大丈夫か見てたりします？」

「はい。翔太様がお嬢様を助けてくださった際も見ておりました」

マジか……というか、見てたんなら俺より先にどうにかして欲しかったんだけど。

と椿さんを見ると、

「ご心配には及びません。かの者は、後日、違う女学生に同様の行為を行っていたところを捕まえて警察に突き出しましたので」

「ごふっ！」

思わずむせる俺。真白姉も美姫もうんうんと頷いてるし、ミオンのお母さんも「それが当然」みたいな顔してるし。いやまあ、あのおっさんは完全にアウトなんだけどさ。

「？」

「平気平気。じゃ、帰りは駅まで椿さんに迎えに来てもらってるの？」

「うん」

それを聞いてちょっと安心。オートルートバスだって混む時は混むし、そういう状況だとどうしても変な奴がいるんじゃないかっていう不安が。

真白姉や美姫みたいな鋼のメンタルしてれば心配はないんだけど……

「翔太様が付き添われるようになってからは、お任せしておりますのでご心配なく」

「はあ……」

でも、それじゃ結局一人で電車に乗れないって問題を解決できてない気がするんだけどな……


つつがなく、昼食会（？）も終了。

「良かったら、また作りに来てね。絶対に時間をあけますからね」

「はい」

ミオンのお母さんはまだ仕事があるということで、すごく残念そうな顔をしつつ、上の階へと。

あとはまあ適当に遊ぶかって感じなんだけど、その前に、

「真白姉のＶＲＨＭＤの設定は終わった？」

「おう！」

「うむ、無事終わったぞ」

ＶＲＨＭＤの個人設定には、立ったり座ったり寝たりと、基本アバター作成のための身体情報スキャンが大変で、これが結構時間がかかる。

なんだけど、リビングがすごい広いおかげですんなりできたらしい。俺の時は腕を壁にぶつけそうになって、何度もやりなおしたんだよな……

「そういえば兄上、一時からＩＲＯの公式のアップデートライブがあるらしいぞ」

「え、マジで？」

「うむ。せっかくだし、皆で見ようではないか」

「ミオンもそれでいい？」

その問いに頷いてくれたので、俺はさっさと洗い物しないと。

「じゃ、俺は洗い物するから、先に見てて」

「それは私の方で行いますので、みなさまはリビングの方へ」

いつの間にかカートみたいなのを運んできてた椿さんが、テキパキと食器を片付けていく。

「ん……」

ミオンが手伝わなくても良いと合図をするので任せることに。なんか、でっかい食洗機があったから突っ込むだけだろうとは思う。

今どき普通にあるはずの食洗機、うちにはなぜかないんだよな。なぜかっていうか、親父が洗い物を苦にしないのが普通すぎて、食洗機って存在が頭の中にないからだろうけど。

「えっと、どっちで見るの？」

みんなでVRHMDを被って見るのでもいいし、でかいエアディスプレイに映すのでも良さそう。

あ、でも、真白姉は部室に入れないのか。熊野先生は知ってるし、ベル部長もダメとは言わないと思うけど。

ミオンはそれに気づいてたのか、エアディスプレイのスリープを解除した。

「「おお！」」

ふわっと空間上に浮き上がる大きなディスプレイに、真白姉と美姫が思わず声をあげる。

ミオンが手元のタブレットで公式ライブを開くと、

「えー……」

前のアップデートで流れたPVが流れてて、当然、俺とルピが戯れてるシーンも……

「おい、これって翔太だよな？」

「うむ。兄上はIROでは有名人だからのう」

真白姉、頼むからIROの中で俺の姉だとか言わないでくれよ？

俺はともかく、絶対に厄介な連中に絡まれてブチ切れて……みたいなのが容易に想像できるし、帰ったら釘を刺しとこう。美姫にもその辺協力してもらわないと……

「このワンコ、可愛いしかっこいいいな。あたしにも飼えるか？」

「難しいであろうのう。兄上がおる島にしかおらんのではないか？」

「なんだよ。翔太ずるくね？」

真白姉が愚痴ってるがスルーが正解。

そういえば、ルピはまだ【狼《おおかみ》？】のままなんだよな。

確かキャビネットにあった本の中に図鑑があったはずだし、早く山小屋のリフォーム終わらせて読まないと……

「そういえば、真白姉は友達とやるんだよな？　スタートどことかって決めてるの？」

「王国？　なんかそういうとこあんだろ？」

「うむうむ。我もおるところゆえ、安心するがよいぞ」

王国スタートか。んじゃまあ、美姫に任せとけばいいかな。

と画面が切り替わって、ライブが始まった。

『あ、始まってます？　始まってますね』

相変わらずゆるいスタートだなあ。

前回と同じ、バーチャル空間にアバター二人。GMチョコとミシャP。

『はい、皆さんおまたせしました。

アイリス・レヴォリューション・オンライン、アプデ解説ライブを始めたいと思います。

司会は私、ゲームマスター統括の雑賀ちよこ、GMチョコ。解説に総合プロデューサーの山崎美沙、ミシャPでお送りしていきます。よろしくお願いします』

『よろしくお願いします』

『ではさっそく、アップデート内容をお伝えしましょうか』

その言葉に画面が切り替わり、公式の『アップデートのお知らせ』が表示される。

【アップデートVer 1.2.5概要】

◇メインストーリー『第二章　幻想邂逅《かいこう》編』◇

・新規キャラクターのスタート地点としてグラニア帝国、パルテーム公国の首都・街・村が選択できるようになりました。

・上記の場所がセーフゾーンとなりました。

・撤去されていたグラニア帝国の帝都のセーフゾーンが復活しました。

・開拓した街・村に新たに発生したセーフゾーンはそのまま維持されています。

・グラニア帝国、パルテーム公国における、死亡時のアイテム全ロストは通常通りの一部ロストに戻りました。

◇ワールドクエスト終了に伴うシステム変更◇

・本日正午以降に作成された新規キャラクターには以下が適用されます。

・【鑑定】【解体】スキルを初期習得済みです。

・さらに種族ごとに以下のスキルを初期習得済みです。

・ヒューマン：【採集】

・エルフ：【木工】

・ドワーフ：【細工】

・ハーフリング：【気配遮断】

・ワールドクエスト終了直後から本日正午までに作成されたキャラクターには、上記スキル分の3SPが追加されています。
・スキルの一般化に伴い、レアリティーが減少しました。
・【調教】：レア↓アンコモン
・スキルレベル5以降のスキル経験値獲得の上方調整。
・全プレイヤー対象。今までの分も再計算されます。
◇不具合の修正◇
・配信カメラが水中に潜らなかった不具合の修正。

「結構あるなあ。これっていつ発表されたの？」

「今日の午前零時らしいのう」

ミオンがタブレットで見せてくれ、美姫もそれを覗き込んでいる。

朝は特に……っていうか、俺自身は公式チェックとかしないしな。

それにしても『幻想邂逅編』って、やっぱり俺が助けたフェアリーとかの絡みなのかな？

ノームの話もあったし、有翼人とかもいたし、そっちの話がメインになってくる感じ？

『では、上から順に説明しつつ、コメントも拾っていきましょうか』

『はいはい』

最初は帝国動乱編の後始末的な話。なくなってたセーフゾーンの復活とかデスペナ緩和とか。

開拓地とかで新たにできたセーフゾーンなんかは、そのまま残るので問題なく使えますよと。

『えーっと、この質問にしましょうか。「帝国と公国は行き来できますか？」ですが』

『今答えるとしたら「情勢によって変化する」ですね。両国は停戦状態であって、終戦はしてないですよってことです』

一時停戦って話だったから、またいつ戦争再開になってもおかしくないってことか。

「へー、戦争なんてしてたんだな」

とキラキラした目の真白姉。

「姉上が期待しておるような、ガチの戦闘は行われなんだぞ」

「えー、なんだそりゃ」

美姫があれこれとわかりやすく説明してくれるので助かる。というか、煽られたらＰＫしそうな気がするので注意しといて欲しい。

その後もしばし質問タイムが入ってから次のシステム変更の話。ワークエ終わった後からの新規キャラについての話なんだけど、

「なあ、翔太。この新規キャラクターがどうこうってなんなんだ？」

「後から入ってくるユーザーが、先にやってるユーザーに追いつきやすいようにって感じかな？」

先にプレイしてて余計にお金を払ってるユーザーの方が有利なのは当然だけど、それが行き過ぎると新規ユーザーが増えないしっていう……

「へえ、なんかいろいろ考えてんだな」

まあ、真白姉はそんなこと気にしないよな。

ワールドクエストが終わった褒賞で普通は5SPもらえてるわけだし、それよりは少ないわけだけど……コメント欄で共和国の人たちが悶絶《もんぜつ》してるな。

「ん」

「うん。こっちの【調教】がレアからアンコモンになる方がでかい……」

必要SPが9から4ってやばすぎじゃないの？　案の定というかコメントが大荒れですごいことになってる。

『これに関してですが、情報を出す順序が逆になっちゃっててすいません。何と逆だったかというと、これです』

とテロップが出る。

・スキルレベル10（MAX）到達時、スキルのレアリティーに応じた褒賞
・レアスキル：4SP
・アンコモンスキル：1SP
・コモンスキルには褒賞はありません
※レアリティー変更があった場合、取得時レアリティーと現在レアリティーの褒賞を加算。

その発表にまたすごい勢いで流れるコメント欄。

あれ？　じゃ、調教って……

『調教スキルがレベル10になると、レアとアンコ、それぞれの褒賞を足した5SPもらえるということですよね？』

『はい。あ、レアリティーが減少するスキルが既にレベル10だった場合は、即もらえますので。クローズドベータからの予測では、ワールドクエストが終わるまでに到達する人が出る想定だったんですけどね～』

『というわけで、スキル経験値獲得の上方調整になります。説明をお願いします』

『現状、スキルレベルの上がりが遅く「スキルレベル7の呪い」と言われてるのを解消します。実際にはスキルレベル5からなんですが、獲得できるスキル経験値を増やす変更ですね。今日の午前零時からその計算方式にすでに変更されてますが、それ以前の分もオフライン時に再計算されてます』

『積算値が変わってますので、次にスキル経験値を得た時に、人によっては一気に2レベル上がったりするかもしれませんね』

『ですね』

つまり、今ログインしてない俺のキャラも再計算されたのか。

大工あたりがまたすぐ上がってくれると嬉しいんだけど。

「なーんか小難しいこと話してんなあ。あたしにできるゲームなのか？」

「姉上は気にせず好きにプレイすれば良い」

なんかもうそのやりとりが不安。この二人が組むと「やりすぎ」っていう結果しか出てこないし。

「で、翔太とはどうやったら会えんだ？」

「……真白姉。来る時に話したこと、全然理解してなかったんだな」

結局、アップデートライブの後はミオンの今までの配信、要するに俺が無人島スタートしてあれこれやった動画を真白姉に見せたりがメインになってしまった。

ついでに美姫がセスとして活躍してる魔女ベルの動画も。

ミオンにはちょっと申し訳ないかなと思ったものの、ＶＲＨＭＤを被ってからは普通に——合成音声だけど——話すようになって、真白姉や美姫とも打ち解けたっぽい？

「っと、翔太、美姫。そろそろ帰んないとだぞ」

「ああ、もうそんな時間か」

『あっという間ですね……』

ミオンがしょんぼりするが、さすがに夕飯までというわけにもいかない。

お昼の食材が結構余ってるので、適当に作れと言われたらできそうなんだけど……真白姉が許してくれないだろう。

「では、そろそろお暇《いとま》するかの」

「だな」

そう言ってＶＲＨＭＤを外す俺たち。

ミオンはちょっと寂しそうな顔をして、ゆっくりとＶＲＨＭＤを外す。

「ん……」

「はい。みなさま、ご自宅までお送りいたしますので」

いつの間にかいた椿さん。駅までかなと思ったけど、家まで送ってくれるそうだ。

やばいカードもらったし、その方が安全かな。帰ったらすぐにPCに登録してロックかけよ……


スーッと音もなく車が止まり、ドアのロックが外れた音がする。

真白姉がそのドアを開けようとする前に、いつの間にか椿さんがいて開けてくれた。

「じゃ、また夜に……ん？」

降りようとしたところで、ミオンにグッと手首を摑まれる。

反対側の手を胸に当て、一つ深呼吸してから……

「ショウ君、今日はありがとう。また来て……」

「う、うん」

相変わらずというか、すごくゾワっとくるハスキーボイス。

真白姉や美姫もびっくりして目を丸くしてるし……

「こほん」

椿さんのわざとらしい咳払《せきばら》いでリセットされ、俺たちは車を降りる。

ドアを閉めた椿さんが一礼し運転席へと。車はゆっくりと発進して、そのまま消えていった。

「はあ……ぐわっ!?」

「翔太ぁ〜？」

真白姉のヘッドロックがガッチリときまり、そのまま玄関へと連れていかれる。

「しかし驚いたのう。あれほどの美声を持っておきながら、喋るのが苦手とはの」

美姫が玄関を開けてくれ、俺はヘッドロックされたまま放り込まれる。

ガチャリと玄関扉が閉まったところで、やっと解放される俺。仁王立ちの真白姉。

「さて、最初から説明しろ」

「聞いてなかったのかよ！」

「まああ、姉上。ここではなんだし、兄上もまずはやらねばいかんことがあろう」

美姫が言うように、まずは預かったカードに利用者登録をしないと。

「すまん、美姫。先に説明し直しといてくれ」

「心得た！」

ホント、頼りになる妹だよ。


カード利用者に自分を登録し、しっかりと机の引き出しの奥に保管。

多分、使うのって夏の合宿費用を出す時が最初なんだろうなあ。

真白姉からの追及は……追及というほどでもない感じだったかな。

結局、俺が最初からミオン——出雲さんがお嬢様だって知ってたのかって話に終始してた感じ？

要するに「お前、金目当てで誑《たぶら》かしたとかじゃねぇよな？」っていう……

知ってたとしても、電車であの時助けないって選択肢はないし、電脳部に入ったのも偶然だし、その前にミオンに配信を見つかったのも偶然だし。……どうしてこうなった？

◇◇◇

「ばわっす」

『ショウ君』

軽めの夕飯を終えてバーチャル部室へ。いつもの笑顔で迎えてくれるミオンにホッとする。

「あら、早いわね」

ベル部長がいてくれてちょうど良かったんだけど……宿題してたのか。

ヤタ先生あたりに「それを終わらせられたらゲームしてよし！」とか言われてるんだろうな。

「ヤタ先生はいないか……」

『セスちゃんはお義姉《ねえ》さんとＩＲＯですか？』

「いや、ちょっと待ってもらってるっていうか、ベル部長。俺の姉をここに呼んでいいですか？」

美姫が良くて真白姉がダメってことはないだろうと思う。

ヤタ先生がいると話が早かったんだけど、休みだししょうがない。

「ええ、構わないわよ。今年の三月に卒業された先輩なのよね？」

「です。じゃ、さっそく」

美姫にメッセを送ってしばらくすると、

「待たせたの」

「うぃっす」

と二人が入ってきた。

『セスちゃんにお義姉さん』

「おー！　ああ？」

とミオンをハグしようとして阻まれる真白姉。

フルダイブは基本的に身体接触アウト設定になってるの忘れてるな……

「えっと、部長で二年の香取鈴音《かとりすずね》です」

「おう、伊勢真白だ。っと、名前はまずいんだったな。マリーで頼む」

「は、はい！」

俺と美姫のイメージがあるせいか、真白姉のキャラに戸惑ってる感じのベル部長。

ちょうどそこに、

「こんばんはー。あー、真白さんー、久しぶりですねー」

「先生。お久しぶりです」

ヤタ先生には頭が上がらないのか、ちゃんと頭を下げて挨拶する真白姉。

その辺はしっかりしてるというか、礼儀とかにはうるさいタイプなので違和感はないけど。

「あの、ひょっとして風紀副委員長だった……」

「へー、よく覚えてんな！」

は？　真白姉が風紀副委員長？

「真白さんは有名人でしたからねー」

「姉上の武勇伝を聞きたい！」

なんだか、ヤタ先生とマリー《真白》姉が昔話（？）で盛り上がり、そこにベル部長とセスも加わって……意外とすんなりでちょっとびっくり。

『ショウ君、明日アップする動画のチェックをお願いします』

「あ、そうだった！」

木曜夕方にアップする内容は、古代遺跡の通路を北に、行き止まりから左手の階段を上って盆地に出るところ。そこから上手く繋いで、泉の周りをぐるっと確認し、また切り替わって、今度は山小屋の周りを一周するところまで。

「いいね。フェアリーの話はもうちょっと落ち着いてからにする？」

『はい。でも、神樹を通って島に行けることは絶対に隠しますからね』

とニッコリ。ちょっと怖いんだけど、それに異論があるはずもなく。

「うん、あれは俺の中でもなかったことになってる。あの件は完全に想定外だったけど、もう島の外に出る気はないよ」

『はい！』

島が一番落ち着ける場所だもんな……

「さて、今日の天気は……良かった。晴れてる！」

「ワフ！」

あの後、真白姉は美姫のレクチャーを受けつつ、ＩＲＯのキャラメイクをするそうで、そっちは任せた状態。部長はまだ少し宿題が残ってるらしい……

ヤタ先生のチェックも通った明日公開予定の動画は、ミオンが予約投稿して準備完了。

『ショウ君、カードの登録は済ませました？』

「うん。帰ってすぐやったよ」

今はオフレコってことで、今日の話をしながら小川の方へと足を運ぶ。

久々にフラワートラウトを食べたくなったので、仕掛けてあったかご罠を確認に。

『登録のやり方は知ってたんですか？』

「あー、うん。ほら、こっちの家は今、俺が家計を管理してるから……」

俺と美姫しかいないので、当然、買い出しなりなんなりする俺が財布を握ってるかたち。

美姫でも良さそうなもんだけど、あいつまだ中学生だしな……

『なるほどです。母から確認しておくよう言われました。あと、わからないことは椿さんにと』

「りょ。っていうか、俺に預けていいの？　ミオンが持ってて、必要な時に使えば良くない？」

『私は利用者登録をしてないですよ。そのカードの口座のお金を出し入れできるのは、ショウ君の他には母と椿さんだけです』

「……」

どんだけ信用してくれてるんだよ。まあ、借入ができるわけでもないからいいのか？

配信の売り上げの入金は『月末で精算して翌月末』らしいので今のところ０円。

収益化後の配信で、三〇万ぐらい入るだろうなってのはわかってるんだけど……ちょっと怖い。

「よっと！」

結んでいたロープを引っ張ってかご罠を引き上げると、結構な重さが手に伝わる。

ロープ、もう少し太いのにしないとまずいかもな、これ。

「お、六匹！」

「ワフ！」


【罠設置・解除スキルのレベルが上がりました！】


うわ、このレベルアップ、上がりやすくなったせい？　あ、再計算されてるって話だったから、もう上がる直前だったのかな。

『おめでとうございます』

「さんきゅ。まあ、最近はルピがいてくれるから罠もそんなに必要ないんだけど」

「ワフン」

『今日は焼き魚ですね』

「うん。大根おろしも手に入ったしね」

焼きたてホクホクの白身にどっさりと大根――ルディッシュおろしをかけよう。

その上からグリーンベリーをギュッと絞れば……やっぱ醤油《しょうゆ》欲しいなあ……

フラワートラウトを美味しくいただいた後は、いよいよ山小屋リフォームの仕上げに。

「ん、ルピは遊びに行っていいよ」

「ワフ！」

地下から盆地に出たところで、ルピはフェアリーたちのところに遊びに行かせた。

これから、ガッツリと屋根を張る作業の予定で、できれば今日のうちに終わらせたい。

『いよいよ屋根ですけど、気をつけてくださいね？』

「りょ。一番危ないのは最初だからね。慎重にやるよ」

とはいえ、インベントリがあるおかげで、屋根板を抱えて上り下りとかしなくていいのは楽ちん。

さて、頑張りますか！


「ふう、屋根板終了」

『お疲れ様です』

二時間弱の作業で、まずは屋根板の張り替え完了。

片流れ屋根で良かった。切妻《きりづま》屋根とかだったら、もっと面倒だったに違いない。

大工スキルも上がって6になったことだし、いったん下りてちょっと休憩かな。

『この後はどうするんです？　元と同じ樹皮を敷き詰める感じですか？』

「ううん、石壁の魔法で屋根を敷くつもり。でも、その前に……」

インベから取り出したのは、サローンリザードの革。

「これで屋根板の隙間を塞いでからかな。雨もり嫌だしね」

『すごいです！』

さすがに屋根全体を覆う分は用意できなかったので、継ぎ目にテープのように貼っていく予定。

その上から、瓦がわりの薄い石壁を敷き詰めていけば完成のはず。

「今何時くらい？」

『一〇時前です』

あと一時間。いや、もうちょいかかるかな？

まあ、黙々と作業を続けてれば終わるんだけど……

「ミオン、退屈してない？」

『全然ですよ。ショウ君を見てるの楽しいです』

「あ、うん。じゃ、もうちょっと頑張って、屋根は今日終わらせるよ」

『はい！』


「完成!!」

『おめでとうございます！』

「いやー、思った以上に綺麗にできたな」

瓦を薄い石壁で作ってみたのは、見た目的には大成功。

問題は雨が結構降った時にどうなるかだよな。前に敷き詰められてた樹皮で瓦代わりになってたなら、そんなめちゃくちゃ降ったりはしないんだろうと思うけど。

ま、雨もりするようなら、ちゃんとした瓦を焼くか。陶工でできる気がするし。

「ワフ！」

「〜〜〜♪」

「お、ルピおかえり。フェアリーもいるんだ」

玄関下にやってきたルピとフェアリーが興味深そうに見上げている。

あとは玄関と勝手口の扉だけど、まずはちょっと休憩かな。

「よっと」

草むらに腰を下ろすと、すかさずルピが足の間に収まってくる。で、フェアリーは肩に。

「もうちょいって感じだけど……」

『もう一一時をまわってますよ』

「あ、ごめん。じゃ、片付けしないと」

連休中だし続けてもいい気がするけど、ミオンを付き合わせるのは申し訳ない感じ。

あと、真白姉がちゃんとＩＲＯ始められたのか気になる……

「明日は玄関と勝手口の扉。あとは窓かな」

『中にあった家具はどうしますか？』

「あー、さすがにベッドは廃棄して新しくするよ。机と椅子は……鑑定してなかったし、その結果次第かな？」

ベッドはさすがに再利用はパス。解体して焚《た》きつけにでもしよう。

あとは、石窯もこっちに作り直し。どうせなら、もっと大きな窯にしておきたい。

『石窯ができればお引っ越しですね』

「うん。ってその前に土間の屋根も作んなきゃだった」

外で食事ができるようにテーブルも置きたいし、排水周りも考えないと……明日かな。

「ルピ、帰ろうか」

「ワフン」

そう言って立ち上がると、フェアリーがすいっと離れて「またね」って感じで手を振って去っていった。すっかり仲良くなったみたいで何より。


「ただいま」

『おかえりなさい』

真白姉と美姫がいるかもと、部室に戻ってきたものの、いるのはミオンだけ。

ベル部長も……三人ともまだＩＲＯやってるっぽいな。

「まあ、待たなくてもいいか。どうだったかは明日の朝にでも聞くかな」

『ショウ君。チャンネルの名前、このどっちかにしようと思うんですけど』

「あ、助かるよ。えーっと……」

ミオンが渡してくれたテキストに目を通すとそこには、

【ショウ&ミオンのゲーム探検記】

【ミオンの二人のんびりショウタイム】


「うう、悩ましい。どっちも良い……」

『はい』

「んー、でも一番だと、ミオンの服が今ので固定になっちゃいそうなんだよな」

今まで『ゲームミステリーハンター』って言っちゃってるけど、それぐらいならネタで済むだろうし、衣装を変えて別のっていうのはありかなとか。

『他の服装ですか？』

「うん。今日着てた服とか可愛かったし」

『は、はい……』

今思えば、スーツ姿は割とありだったのかな。実況だし。

さすがにアイドルっぽいフリフリは……あれはあれで良かったけど……

07　木曜日　雨奇晴好

「あ〜、ねみぃ〜」

「うむ、うむ……」

二人が下りてきたのは九時をずいぶんまわった頃。結構遅くまでＩＲＯやってたんだろう。

「朝ご飯どうする？」

「食べるぞ」

「うむ……」

「じゃ、用意するから、顔洗って目を覚ましてきたら？」

そう言って二人を見送り、俺はさくさくと朝飯の準備を。

炊き立てご飯に焼き鮭《ざけ》、味付けのり、たくあん、ワカメと豆腐のお味噌汁《みそしる》という定番。

鮭は俺の朝飯にまとめて焼いたものをレンジで温め直すだけ。

「「いただきます」」

顔を洗ってしっかりと目が覚めた二人が、がっつりと食べ始める。

この様子だと昼は軽めで、夜はしっかりの方がいいか。

「美味《うま》い！　やっぱ、朝飯は和食だよな！　寮の朝飯がパンばっかでよー」

「兄上！　納豆が欲しい！」

「はいはい」

真白姉も欲しがったので二人分を冷蔵庫から取り出す。

うーん、そろそろ買い出しに行っとかないとかな。二人なら土曜で大丈夫だったけど、三人なら明日の夕飯が足りなそう。

「俺、午前中に食材買いに行くつもりだけど、二人はどうする？」

「任せた。あたしはゲームの続きだ！」

「我も姉上に付き合おうぞ！」

んじゃま、気楽に一人で買い物かな。

連休中、あんまり外に出てない気がするし、ちょっと羽を伸ばしてこよう……

駅前のスーパーはお昼前で混雑気味。連休中ということもあって、親子連れも多いのかな。

……男子高校生が一人買い物かごを持ってるのって、やっぱりおかしいよな？　さっさと買い物を済ませてしまおう。

昼は豚バラとレタスのさっぱり冷製パスタとかでいいか。で、夜は真白姉もいるし、量を作りやすい献立を考えないとだけど……

「翔太君！」

「え？　あ、柏原《かしはら》のおじさん。いつもお世話になってます」

「うんうん。翔太君はいつもきっちりしてるな」

笑顔で声をかけてきたのはナットの親父さん。

若くするとナットにそっくりで、ノリもかなり近い。親子だから当然なんだろうけど。

で、それはそれとして、買い物かごを持ってて、周りには誰もいないという。

「えっと……一人ですか？」

「ああ、たまには俺がと思って来てみたんだが……少し手伝ってくれるか？」

と苦笑い。手元のメモには、ベーコン、たまねぎ、にんじん、カレー粉（中辛）、コンソメキューブなどなど書かれていて、かごにはベーコンだけが入っている。

まあ、たまにしか来ないスーパーで、あれこれ探しながら買い物は大変だよな。

見せてもらったメモからして、今日の夕飯用かな？　肉じゃなくてベーコンで、カレールーじゃなくてカレー粉ってことは……

「ああ、なるほど」

「ん？」

「いえ、うちの夕飯もこれにしようと思って」

真白姉が好きなやつだし、美姫も喜ぶはずだ。

並んで買い物をしている間はとりとめもない雑談を。小さい頃からお世話になり過ぎてるせいか、気後れすることもない。

「はい。親父も母さんも帰ってきてないです。真白姉は昨日帰ってきましたけど」

「相変わらずだな、あの二人は……」

「まあ、いない方が平和なんで」

親父はともかく、母さんと真白姉が一緒にいると空気がピリつく。

「そうか……。ああ、そうだ。連休が明けたら、美姫ちゃんに奈緒の家庭教師をお願いしたいんだが、翔太君はいいか？」

「え？　ええ、美姫で良ければですけど」

俺の許可が必要なのかなという気もするけど、親父に聞いても「美姫と翔太が良ければ」って答えそうだもんな。

「助かるよ。奈緒も美姫ちゃんと同じ美杜《みもり》大付属へ行きたがってるから」

「なるほど」

ナットが合格したんだし、奈緒ちゃんも大丈夫だろうとは思うけど。というか、美姫がちゃんと家庭教師やれるかの方が心配。頼むからＩＲＯ誘ったりしないでくれよ……


兄妹三人、賑《にぎ》やかな昼飯を済ませて午後は当然ＩＲＯへ。

『じゃ、お義姉さんは素手で戦うんですか？』

「素手っていうか、籠手でなのかなあ。金属製の籠手で殴るスタイルらしいよ」

古代遺跡の中を歩きながら雑談中。

真白姉がどういうキャラを作ったのか、昼飯の時に聞いたら、

「殴るキャラに決まってんじゃん」

とのこと。魔法って線はなさそうだし、生産系もやらないだろうなとは思ってた。

それはいいんだけど、

「武器は？」

「拳で」

「は？」

みたいなやりとりがあって、美姫が説明してくれた。

近接攻撃のスキルに【格闘】があるそうだ。いや、そりゃあるよな。

『つまり、モンスターを殴ったり蹴ったり……ですか？』

「うん。もともと格闘技とか好きなんだよ。それに、剣とかっていうのも……なんか想像できないし、殴ったり蹴ったりが一番似合ってるんだよな……」

ゴブリンとかオークにヘッドロックとかするのかって感じだけど。

ともあれ、しばらくはセスと一緒に例の商会で警備の人たちから訓練を受けるらしい……

『なんだか、すぐに強くなっちゃいそうですね』

「なると思う。運動能力は全部……マリー姉に行ってるし」

一八〇近い身長に抜群の運動神経。中学の時はバスケで結構良いところまでいってた。

本人は「やっぱ、チームプレー向いてねえわ」とか言ってやめちゃったけど。

「ワフッ！」

外の明かりが見え、いつものようにルピが駆け上がっていく。

天気は曇り。すぐには降ってこないと思うけど、山の天気は変わりやすいっていうしなあ。

階段を上りきったところでしっかりと待てをしているルピに、

「遊んできていいよ」

「ワフ」

そう伝えると、風のような速さで森へと駆けていく。

だいぶ大きくなったし、足も速くなったし、強くなったよな。

『今日は扉と窓からですか？』

「そのつもりだったけど木材の追加が先かな。雨降ってくるかもだし」

大きいのを二本ほど切って、いつでも使えるようにしときたい。

地下の例の転移魔法陣の上にミニチェストを置く話もあったし。

「さて、じゃ、やりますか」

『気をつけてくださいね』

「うん」


「どうかな？」

『バッチリですよ！』

二つの木窓、勝手口、そして玄関の扉を作り終え、それをしっかりと設置する。

最初は作るのに手間取った蝶番《ちょうつがい》も、無理に小さく作らず、そこそこ大きくてもしっかりしたものにしたおかげで、耐久性も高そうだ。

斧スキル、伐採スキル、木工スキルとレベルアップ。前の上方調整の恩恵が一気にきた感じ。

「さて……」

光の精霊に明かりをお願いして中へと入る。

勝手口と木窓は閉めてあって、あとは玄関扉を閉めるだけ。

「ワフッ！」

「っと、ごめんごめん」

扉が閉まりそうなところに、ルピがフェアリーを背に乗せたまま滑り込んできた。

しっかり中に入ったところで、扉を閉めると……

『何も起きませんね』

「うーん、やっぱりベッド的な物がないとダメなのかな？」

サクッとベッドを作って設置するのが一番早いかな。木材は余裕があるし。

「ワフワフ」

「ん？」

ルピが前足をたしたしと……ああ、そういうことか。

『どうしたんでしょう？』

「いや、これをやってみろってことだと思う」

インベントリから取り出したグレイディアの皮（加工前）を敷いて座ってみると……

【セーフゾーンが追加されました】

【住居の追加：ＳＰ獲得はありません】

【マイホーム設定が可能です。設定しますか？】


「来た！」

「ワフン！」

『ルピちゃん、すごいです！』

皮を敷いた場所から出た淡い光が徐々に広がっていき、家の中を満たしたところでその輝きが弱まっていって……

「あれ？　消えた？」

いや、見た目にわかりにくくなっただけ？

『ショウ君、ステータス画面に出てませんか？』

「え？　そんなのあるの？」

『はい。セーフゾーンにいるとわかるそうですよ』

知らなかった……。いや、知ってろよって話なんだけど。

慌ててメニューからステータスを開くと、名前の前に見慣れない緑の丸印がついている。

「これのことかな？」

『多分そうだと思います』

わかりづらいなあと思うものの、ずっと光ってるのも何かおかしい気がする。

「ま、いいや。とにかく、ここをマイホームに設定っと」

「ワフ」

隣に敷いたグレイディアの皮の上に丸くなるルピが可愛い。

そして、そのお腹に大の字で寝るフェアリー……。背中の透明な羽は邪魔にならないのかな？

『先にベッドを作りますか？』

「そうだね。あと机と椅子の鑑定をしないと」

二人はお昼寝っぽいので、明かりは少し暗くしてもらって外へ。

蔵の中の左側には古い屋根板や壁板、玄関扉なんかを積んである。その隣に机、椅子、壊れかけのベッド。新しく調達した木材は右側に。

『少し降ってきました？』

「あ、ホントだ」

パラパラし始めた雨は、やがてしとしとと。

斜面の草むらをゆっくりと濡《ぬ》らし、緑が濃く見えてくる。

奥に見える森には少しもやがかかり始め、本当に幻想的な雰囲気に。

「風情があるなあ……」

『はい……』

古い椅子を蔵の外に向かって置いて座り、しばらくその様子を眺める。

これでコーヒーがあればなあ……

しばらく降り続いた小雨《こさめ》をBGMに、ベッドのパーツを作ること小一時間。

あとは組み立てるだけになったので、それらを山小屋の方に運び込むことに。

『組み立ては中でですか？』

「うん。さすがに出来上がったのを玄関通すのはめんどくさいからね」

前のベッドも適当にばらして運び出したし。

椅子はまあすんなり出たけど、テーブルはギリギリって感じ。

そのテーブルと椅子だけど、鑑定した結果は【古びた高級テーブル】【古びた高級チェア】。

アンティーク品って感じなのかな。でも、作りがしっかりしてて直す必要性は全くなかったし、
もともと出来がいいものだったっぽい。

単にベッドだけ粗悪品っていう。あの『記録』を書いた人が持ち込んだとかかな。それか自作したか……

「ルピ、ごめん。起きてくれ」

「ワフン」

玄関を開けると、すぐにルピがシャキッと起き上がって駆け寄ってくる。

しっかりと撫でてから顔をむにむにすると、目を細めて嬉しそうにしてくれる。

そういえば……

「ぐーすか寝てるし……」

「ワフ……」

ルピも呆れ顔。

とはいえ、よだれを垂らして平和そうに寝てるのを起こすのもなんだし、グレイディアの皮の両端を摘んでハンモック状に持つ。

それをルピが咥えて外へとそーっと。そのまま蔵の中へと運び込んでくれる。

『ルピちゃん、優しいです』

「どっちが高位かって言われたら、ルピなんじゃないかな……」

左右の木窓を開き、明るさを確保したところで光の精霊の明かりを解除する。

フェアリーを起こさないようにベッドのパーツを運び込むつもりだったけど、こいつ普通に起きなさそうだよな……

『ベッドの場所はどこにします？』

「この玄関入って右手にするつもり」

以前は部屋の左奥、東側を頭に置かれてたけど、今そこには勝手口がある。

右奥は一階へと下りる階段があって、そこには置けないので。

『壁沿いにです？』

「そそ、南枕にしてこの辺から……ここまでって感じ」

部屋の右手前隅っこから、右の木窓までのスペース。

その先には、一階へ続く階段の穴が空いているので、後で柵でも作っておこう。

『テーブルと椅子は左側ですか？』

「うん。窓の外の景色、こっちの方がいいから」

『そうですね』

入って右側、山側の窓は隣の蔵が見えるだけ。左側の窓からは、海までは見えないけど、泉の方が見えていい感じ。雨の日は中でお茶飲みつつ読書とかいいよな。

「さて、じゃ、組み上げるか」

シンプルなベッドだけど、ミオンがちょっと驚いてくれると嬉しい。

『ショウ君、そのベッド……高くないですか？』

「うん。ロフトベッドってやつ。あんまり高いと揺れに弱いから、ローなやつだけどね」

横倒しに組み上げたそれを起こして、壁際にピッタリつける。

ベッドの高さとしては胸ぐらい。普通は下のスペースを収納に使ったりするんだけど……

「ルピ〜？」

「ワフ」

「寝床持ってこっちきて」

その言葉にグレイディアの皮を咥えて駆けてくる。

あ、フェアリーはもう帰ったっぽい？　まあ、トンカンやってたしな。

「さんきゅ。ルピはここな。俺は上で」

「ワフン！」

『なるほどです！』

胸ぐらいの高さならはしごも不要。両手をかけて、グッと体を持ち上げて滑り込む。

うん、右側の方が屋根が高いから圧迫感もないな。あとは、俺もグレイディアの皮でも敷いておきたいところ。

「よっと。ミオン的にどう？」

『Sクラスです！』

「いやいや、ロフトベッドは普通に売ってるから……」

ちょっと憧れだったんだよな、ロフトベッド。

ここならルピのためのスペースになるし、足元の方のスペースには小さい棚でも置こうかな？

いや、ルピがもっと大きくなったら狭いか？

「よっと。あとはテーブルと椅子を運び込もう」

『はい』

「ちなみに今って何時ぐらい？」

『三時半をまわった頃ですね』

微妙な時間だな……

土間に屋根をつけるとして、柱を二本用意するところからスタートなんだよな。

キリもいいし、昼の部はここで終わりにしておこう。

◇◇◇

夜。昼の続きというか、土間の屋根をつけるための作業中。

『今日のお夕飯も美味しそうでした……』

「あー、真白姉の好物なんだよ。お手軽だし、ぱぱっと済ませたい時によく作るかな」

今日の夕飯はカレーピラフ。多分、柏原家も同じのはず。スーパーでナットの親父さんと会ったことは……話す必要はないか。

『ショウ君がお店を開いたら、私も母も椿さんも常連になります！』

「え？　お店って……レストランとか？」

『はい！』

さすがにそれは無理じゃないかなあ。

「俺が作ってるのは、ごく普通の家庭料理だし……」

そんな話をしつつ、切り倒した木の枝を払う。

払った枝は乾かして薪として使うので、これはこれでまとめておくことに。

『ショウ君はあこがれの職業とかないんですか？』

「あこがれの職業かあ……」

ミオンの言わんとしてるのは、小さい頃、小学生の頃とかになりたかった職業とかそういうのだよなあ。うーん……

「強いてあげるとしたら公務員かな？」

『え？』

うちが特殊なせいもあって、俺と美姫とはナットの家に世話になることが多かったんだけど、ナットの親父さんが公務員で理想的な父親像なんだよな。一家の大黒柱って感じとか。

「それに、料理とかは趣味でやる分にはいいけど、仕事ってなると大変かなって」

『確かにそうかもですね……』

そんな話をしつつ作業を続け、木材が揃ったところで、いよいよ組み立て。

まずは柱を埋める穴を掘る。風で煽られて倒れると怖いので深めに。

「こんなもんかな？」

『かなり深く掘るんですね』

「しっかりした束石《つかいし》を埋める予定だからね」

『つか……石？』

普通は知らないよなあ。まあ、見てもらった方が早いので、石壁の魔法でさっくりと束石を作るんだけど、うまくいくかな？

「えーっと、ちょっと見ててね」

『はい』

まずは立てる柱と同じ太さの角材を用意。それを覆うように、大きくて分厚いやつを、

「〈石壁〉っと」

あとは角材を抜いて束石完成。

「これが束石。まあ、基礎とか言われるやつ」

『そうなんですね！』

あとは本番の柱を刺して、周りの土を埋めて、固めて、埋めて、固めて……

「よし、これで一本目完成」

『大変なんですね』

「だね。今は鉄筋コンクリの基礎が普通だから、こんな苦労はしなくていいんだと思うけど」

都市部で基礎から工事してるところって、ほとんどないもんなあ。

今、母さんがいるような場所とかだとやってるのかな？

「さて、もう一本柱を立てて終わりにするよ」

『はい』


「ただいま」

『おかえりなさい』

柱を二本立て終えて、さっそく山小屋で就寝ログアウト。バーチャル部室に戻ってきたら、

「こんにちはー」

「どもっす。えっと、何かありました？」

ベル部長の宿題は片付いたっぽいし、それ以外で何かあったっけ？

『母に会ってもらったことと、チャンネル名を決めたことを伝えたので』

「ああ、そうだった！」

「そうですよー。ミオンさんのお母さんのお眼鏡にかなったようでー、何よりですー」

お眼鏡にかなうって……

「ヤタ先生、いろいろ知ってたんですよね？　もう少し先に説明しといてもらえると、俺としても心の準備ができてて良かったんですけど？」

「それだとつま……。ところで、新しいチャンネル名はなんですかー？」

この人、今「つまらない」って言おうとしたよな？

『えっと【ミオンの二人のんびりショウタイム】です』

「いいですねー。ショウをかけてるわけですねー」

そうなんだけど、そこは『のんびり』メインでお願いします……

［防衛大国］ウォルースト王国・王都広場［先制的自衛権］

【一般的な王国民】
ちょっと聞いてくれるか？
【一般的な王国民】
衛兵さん、こいつです。
【一般的な王国民】
はえーよ！　まあ、セスちゃんの話なんだが。
【一般的な王国民】
衛兵さん、やっぱりこいつです。
【一般的な王国民】
いいから！
それより、セスちゃんが背の高い美人を連れてるんだが、あれ誰だ？
【一般的な王国民】
ん？　レオナ様じゃないの？
【一般的な王国民】
いや、レオナ様ならわかるでしょう。
【一般的な王国民】
ああ、装備見た感じ、始めたばっかかの初心者だけど、やたら仲が良さそう。

【一般的な王国民】
リアル知り合いってか、友だちとかじゃないの？
野郎だったら心配なとこだが……
【一般的な王国民】
ふーむ、誰も知らないなら……ちょっと後つけてみるか。
【一般的な王国民】
やっぱりストーカーじゃねえか！ｗ
……俺も気になるから、ほどほどにな？
【一般的な王国民】
気配遮断スキル５あるし、迷惑をかけるつもりはないよ。
ちょっとした好奇心ってやつだ。
【一般的な王国民】
フラグにしか聞こえないんですが……
【一般的な王国民】
背の高い美人と聞いて。どの辺？
【一般的な王国民】
今、冒険者ギルド出て、貴族街の方へ歩いてるな。
ああ、例の大店《おおだな》のところにでも行くのかもな。

【一般的な王国民】

例の大店？

【一般的な王国民】

セスちゃんが懇意にしてる武具の店、つか卸らしい。

白銀の館を作る時にもいろいろ手を回してくれたんじゃないのか？

【一般的な王国民】

なるほどなあ。

ゲーム内の友人なら、いきなりそんなところに連れてかないだろうし、リアル知り合いかね。


【一般的な王国民】

えーっと……バレました。

【一般的な王国民】

さようなら。君のことは忘れない……

【一般的な王国民】

勝手にBANすんな。てか、最初からバレてたっぽい。

見てるんなら手伝えって言われてパーティ組みました。

【一般的な王国民】

くっ、うらやましい！　空きはありますか？

【一般的な王国民】
残念ながら、俺と同じことしてた奴が捕まって埋まってる。
なんで気づかれたんだって感じなんだが……
【一般的な王国民】
ちっ、黙ってしっかり働いてこいｗ
あとでレポートよろしく！

【一般的な王国民】
彼はどうなったのかな？
やっぱ、惜しい奴をなくした系？
【一般的な王国民】
ストーカー行為へのハラスメント通報ってどうなるんでしょう。
お互い見えなくなるとかですか？
【一般的な王国民】
ＡＩの重点監視対象になるらしいよ。そこでアウト判定になると警告。
一定以内の接近禁止とかはリアルと同じ。それでもってなるとＢＡＮ。
【一般的な王国民】
今帰ってきた。正直、死ぬほど疲れた……

【一般的な王国民】
BANされなかったんだなw
【一般的な王国民】
興味本位とはいえ良くないことをした自覚はある。
が、その分、こき使われたので許してくれ。
【一般的な王国民】
セスちゃん相手で助かったな。
気の弱い子にやると、マジ通報されるかもだぞ。
【一般的な王国民】
マジ、すまん。その分、セスちゃんに頼まれたこともあるので話させてくれ。
【一般的な王国民】
まあまあ、次から注意ってことで……何を頼まれたの？
【一般的な王国民】
背の高い美人はセスちゃんのリアル姉で名前はマリーさん。
彼女を敵に回すと、白銀の館が全力で敵にまわると。
【一般的な王国民】
マジか……。
ギルマスがセスちゃんとはいえ、そこまで言っていいのか？

【一般的な王国民】
生産組にお姉さんの知り合いもいるらしい。
それともう一つ言っておくが、マリーさんクッソ強い。
練習ってことでＰＶＰやらされて、あっさり負けた……
【一般的な王国民】
はあ？　始めて数時間だよな？
【一般的な王国民】
そうだよ。それ以上は勘弁してくれ、斥候ビルドとはいえ俺の心が折れる……
【一般的な王国民】
ま、まあ、ＰＶＰはレベル揃える仕様だし！
【一般的な王国民】
レベル揃えられて、ステータスは相応に調整されますね。
でも、スキルはアーツも含めてそのままのはず。
武器防具への適性なんかも残るので、レベル上が優位なのは変わらないはず。
【一般的な王国民】
何者なんだ……
【シーズン＠白銀の館】
やっぱりこんなことになってましたか……

【一般的な王国民】
ひえっ！　すいませんでした！
【シーズン@白銀の館】
二人とも気にしてないので大丈夫ですよ。
そのかわり、マリーさんにどういうふうに負けたか、きっちり書いておいてください。
【一般的な王国民】
どういうふうに負けたか？
え？　どういうこと？
【一般的な王国民】
素手で殴られて負けました……
いや、一応、籠手はあったから素手じゃないけど……
【一般的な王国民】
ふぁっ!?
まさかのグラップラー？
【一般的な王国民】
あと蹴られました……。ボコボコにされました……
【一般的な王国民】
何それ、うらや……（文字はここで途切れている）

【シーズン@白銀の館】
全身凶器みたいな人なので気をつけてくださいね。
そのための武器防具も白銀の館で用意しますし。ではでは～♪
【一般的な王国民】
全身凶器って言葉、久々に聞いたな……
【一般的な王国民】
背が高いってことは、当然リーチも長い。
武器っていう縛りに囚《とら》われない格闘は実は強いのか？
【一般的な王国民】
いや、相手が固かったらどうするんだよ。
籠手があるって言っても、ゴーレムとか素手で殴るのは無謀じゃない？
【一般的な王国民】
それに関しては剣でもあんまり変わらん気がするぞ。
【一般的な王国民】
お姉さん、サブミッションとか部位破壊とか習得してそう。
【一般的な王国民】
部位破壊だけでなく、心折設計っぽいしな！

08　金曜日　狼の王

真白姉も美姫も遅起きだったので、一〇時過ぎに朝食を兼ねた昼食。

アジの干物、旬にはちょっと早いけどなかなか美味しい。山小屋が落ち着いたら海の食材も探しに行きたいんだよなあ。

「そういや、真白姉は大学の友達には会えたの？」

「おう！」

どんぶり飯をガツガツかっこみながら答える真白姉。お嬢様どこいった……

「それがシーズン殿だったようでな」

「え？　確か……ギルドで裁縫してる人だっけ？」

「うむ。探す手間が省けて良かったのう」

連絡を取って、王都の広場で待ち合わせたら、相手がシーズンさんだったってオチらしい。

真白姉と同い年、同じ寮生活。クローズドベータ組だったはずだし、大学進学前からプレイしてたのか。

一応、受験が終わってからだとは思うけど、なかなか気合入ったゲーマーさんだよな。

「じゃあ、武器防具も困ることはなさそうだな」

白銀の館の人たちは、生産組でもトップに近い人たちだろうし、不良品を掴まされたりってこともなさそうで一安心。

さっそく、革製の鎧と鉄の籠手、ブーツを作ってもらったらしい。支払いはセスが立て替えて、出世払いにしたらしいけど。

「あ、そういえば、美姫。ウルクだっけ？　あれの角だかって細工してもらった？」

「おお、それよ！　ジンベエ殿に首飾りにしてもらったのだが、ＳＴＲ＋５、ＶＩＴ＋５という代物になったぞ！」

「マジか……」

ＢＰにして10、１レベル分かそれ以上のボーナスってえげつないな。

「それってレオナ様には伝えたか？」

「うむ。向こうの皮の方もどうなったか気になるところゆえの」

ミオンが素材加工スキルのレベルも重要なんじゃやって話をしてたし、そのあたりの検証ができたら教えて欲しいところ。俺はすでに素材加工スキルが７あるけど……８以上にしたいなあ。


「ちわっす」

『ショウ君』

「あら、早いわね」

お昼を少し回ったぐらい。いつもより一時間ほど早いんだけど、二人ともバーチャル部室にいることがわかったので来てみた。で、何か作業をしてるのは……

「昨日、話してたやつ？」

『はい』

新しいチャンネル名の話の後、設定の仕方についてはそれ以外も含めて、ベル部長から教わるようにっていうヤタ先生のお言葉が。

ミオンの方から連絡するっていってたから、昼からのゲーム前にってことかな。

チャンネル名の変更だけでなく、ヘッダー画像とか、ミオンのアイコンだとかカスタマイズできるところは一気にいろいろ変えるっぽい。……俺は動画のコメントチェックでもしてるか。

やっぱり例の山小屋にホラー展開を期待してる人が多いなあ。

それ以外の人たちは、中に例の『解錠コード』があるんだろうなってのと、この盆地の植生とかに興味津々。荒れた雰囲気は全くなくて、平和なコメント欄に癒やされる……

『できました！　ショウ君、見てください！』

「うん。どれどれっと……おお、すごっ！」

チャンネル名は【ミオンの二人のんびりショウタイム】になり、その後ろのヘッダー画像には、前にヤタ先生が作ってくれたルピの画像が。

今までは『M』とだけ書かれてたミオンのアイコンが、アバターを撮影した可愛らしい画像に変更になっている。

最近投稿した順に並ぶ動画、ライブアーカイブとカテゴリー分けされて表示されてたりと一気に本格的なチャンネルに……

「そのうちファンアートなんかも届くかもしれないわね。その時は、ヘッダー画像に採用したりするといいわよ」

『はい。ありがとうございます』

「さすが魔女ベル。っていうか、部長らしいとこ初めて見ました」

……余計な一言でした。


「よし、完成！」

土間を覆うテラス屋根ができ、これで雨の日も外で料理できるようになった。

昨日立てた柱に梁を渡し、山小屋への接続はL字金具で固定。屋根は以前の山小屋の屋根板を再利用した。

『その屋根だと雨漏りしませんか？』

「一応、二枚重ねて隙間は塞ぐようにしたから大丈夫だと思う。もし漏れるようなら、その時に考えようかなって」

ここで寝るわけでもないので、多少の雨漏りの可能性は許容。

「さて、石窯を新しくするかな」

『前よりも大きくですか？』

「うん。スペースあるし、活用しないとね」

『あんまり背が高いのを作ると、屋根板に燃え移りませんか？』

「あっ……石の天板をちゃんと作るから大丈夫だと思う」

ミオンに指摘されなかったら、煙突を真上に出すところだった……

『そういえばショウ君、次のライブなんですが』

「え？　あ、もう明日か！　連休で曜日感覚が……」

『私も今日になって気づきました。部長とチャンネルの設定をしてる時に』

俺も昨日公開した動画のコメントチェックしてる時に気づけよって話だよな。

それにしても、明日はどういうライブにするつもりなんだろ。やっぱり……

「この山小屋とかのお披露目？」

『はい、それが一番かなって』

「昨日のがちょうどぐるっと見て回ったとこだったよね。……一階の説明とかはどうしよう？」

『特に変化はないですし「改装前と同じです」でいいんじゃないでしょうか？』

「じゃ、それにしようか。蔵と山小屋とこの土間で一時間ぐらい？」

『はい。あと何かお料理お願いします』

「りょ」

フォレビットの海苔《のり》塩煮込みとかにしようかな。それか海で魚か何か捕まえられたら、塩焼きか煮付け……煮付けは醤油がないとなんだよなあ。

『あと、連休明けた週はテスト前になるので』

「あ、そうだった。告知しとかないとね」

テスト期間中は部活禁止。ヤタ先生に「ゲームは一日一時間ですよー」と言われてる。

というか、部活でヤタ先生とフレンド登録したせいで、プレイ時間がモロバレになっちゃってるっていう。ベル部長とか大変そう……

『来週は動画投稿もライブもなしですね』

「ま、しょうがないかな。テスト期間中は一階のキャビネットにあった本を読んで、テスト終わってから『解錠コード』の扉かな」

『開けてみるんですか？』

「例の記録に書いてあった番号で正解か試したいし、制御室ってのが気になるから」

あと、北側に出られる可能性かな。まだまだ食材が足りないし……

石窯作りも三回目ともなるとあっさりと。一回り大きいぐらいのつもりが、二回り大きいやつに。ちょっといろいろと凝った作りにしすぎたかも……

「さて、試しに……フラワートラウトでも焼くか」

「ワフッ！」

「お、ルピおかえり。ちょうど良かった。おやつにしよう」

薪代わりの廃材を突っ込んで着火。

『台所というか調理台が欲しいですね』

「うん、それも作らないとかな。あー、あと水回りか……」

当然、洗い場もないので、地面に置いた石のまな板でフラワートラウトを捌《さば》く。

綺麗な身は魔法で出した水で洗って、取り出した内臓やらは……後でスコップで埋めるか。

竹串をさし、塩を軽く振ってから石窯に。竹串も塩もそうだけど、テスト前の『ゲームは一日一時間』期間中は、読書だけじゃなくて細々としたことをやりためておくべき？

「調理台はこの辺かな」

「なるほど……」

『勝手口から来た時に邪魔になりませんか？』

土間の配置をミオンとあれこれやってるうちに、

「ワフ！」

フラワートラウトが焼けたらしく、ルピの尻尾の振りが激しい。

さっそく一匹はルピのランチプレートに置き、自分の分はワイルドにガブっと。

「熱っ！」

『……今度、うちに来た時は魚料理でお願いします』

「あ、うん」

でも、魚料理って、中華みたいに並べるものじゃない気がするけど。

ブリ大根とカレイの煮付けを同時には違う気がするし、いろいろってなると……刺身？　寿司《すし》はさすがに握れないし。あ、手巻《まき》き寿司《ずし》とかならありか。

「今って四時ぐらい？」

『あ、はい。四時前ですね』

「あと一時間。どれから手をつけるかな」

調理台、テーブル、椅子、食器棚とかも欲しい。下段は薪を並べる感じで。

あと水回り、下水を泉の方へ流すとしても、小さい貯水池を挟んだ方がいい気がする。

『まずは勝手口から下りる階段じゃないですか？』

「あ、まずはそれか」

今は勝手口を出たところから飛び降りないとだもんな。

正面みたいに真っ直ぐじゃなくて、土間の方へと下りる石段を作るか……


「さて、夕飯作るかなっと。あれ？　二人ともＩＲＯは？」

リビングに真白姉と美姫。エアディスプレイで何かを熱心に見てるんだけど……

「少し面白いことがあっての」

「面白いって何が……はあ!?　真白姉、レオナ様とＰＶＰやったの？」

「んー、まあな……」

妙に歯切れが悪いってことは負けたか。

いやまあ、さすがに負けるだろうけど、よく相手してくれたなっていう。

「美姫が頼んだのか？」

「いや、我は何も言うておらんぞ。たまたま例の件でレオナ殿たちが来ておってな。姉上と鉢合わせたらいつの間にやら……」

そう言って両手を広げる。

画面に映っているのはレオナ様と……これ真白姉のキャラか。

今のローポニーな髪型とは全く違うマニッシュショート。金髪じゃなきゃ、中学ぐらいの真白姉って感じだけど、背はレオナ様と同じぐらいあるんだよな。

レオナ様の双剣を籠手で受けるマリー姉と、拳やキックをかわすレオナ様の一進一退の攻防。

すげえな……ってか、これライブ配信されてたのか……

「ここか」

真白姉が再生を止める。

レオナ様の右手の突きを左手の裏拳で弾いたところだけど……

「これは我にも見えなんだな」

そのままコマ送り再生していくと、マリー姉が右ストレートを放ち、それをレオナ様がギリギリで避けつつ、その腕を巻き込むように左手の短剣が首筋に添えられる。

「あー！　くそっ！」

「見事なクロスカウンターよの」

ソファーに仰向けになる真白姉だが、表情はさっぱりしてる感じかな？

まあ、強い相手に正々堂々やって負ける分にはってあたりか。

「その後揉めたりしてないよな？」

「しねーっての！」

「兄上は心配性よのぅ。しっかりフレンドになって、いずれまたという話をしておったわ」

そうケタケタと笑う美姫。

「翔太！　飯！　勝てるやつにしろ！」

「はいはい……」

まあ、カツ丼作ろうと思ってたからちょうどいいか。

◇◇◇

「……ってことがあったんだけど」

『はい。私もフォーラムで知って動画も見ました。すごかったです！』

「うん、まあライブの反響も悪くなかったみたいで一安心だけどさ……」

ＩＲＯの競技としてのＰＶＰは、お互いのキャラレベルに差がある場合、低い方に合わせるようステータスに補正が入るそうだ。この場合、マリー姉に合わせられるんだけど、あくまでステータスだけの話で、習得済みのスキルやアーツはそのまま使える。

普通に考えれば、レオナ様の方が圧倒的に有利なんだけど、それでも健闘したマリー姉がすごいって話がちらほらと。

「楽しむのはいいけど、下手に有名になって、妙な煽られ方してＰＫしないか不安だよ」

『大丈夫だと思いますよ。セスちゃんのお姉さんなことも周知されましたし』

「うーん……」

それはそれで『白銀の館』に迷惑がかからないか心配なんだよな。

高校入ってからは多少落ち着いてきたけど、中学ぐらいまでは瞬間湯沸かし器だったし。

『ふふ、ショウ君、まるでお母さんみたいですね』

「うぇ、それ結構言われるんだよな……」

美姫に関してはそれを言われてもしょうがないかと思うんだけど、真白姉も含めて言われると納得がいかないというか……

「よし、できた」

【木工スキルのレベルが上がりました！】

調理台は石壁製、外用に新しく作ったテーブルと椅子は木製で。

これで調理場も完成と言いたいところだけど、排水まわりが残ってるんだった。

『おめでとうございます。テーブルと椅子を鑑定してもらっていいですか？』

「さんきゅ。えっと……」

【良質なテーブル】

『ごく一般的な木製テーブル。良品。

木工：修理可能』
【良質な椅子】
『ごく一般的な木製チェア。良品。
木工：修理可能』

「やっぱりスキルレベル5以上だと良品になるのかな？」

『ショウ君は、伐採も6で素材加工も7ですし、いろいろと参考にならない気がしますよ？』

「あー……うん」

そういや、真白姉の話の時にPVPした話になっちゃって、セスたちが倒したエリアボスの革がどうこうって話を聞きそびれたな。

「ワフ」

「お、ルピ、どした？　って、フェアリーたちと南西の森に行くのか……」

ルピに跨《また が》ってるのはいつもの『高位らしい』フェアリー。その後ろには普通のフェアリーたちがふわふわときゃっきゃうふふしてる。

『ショウ君も行ってみたらどうですか？　ずっと物作りしてると体が鈍りますよ？』

「そうかも。というか、弓の練習とかも放置しちゃってるし、ちょっと体動かしてくるよ」

『はい！』

南西側の森に出たところのセーフゾーンに来るのも久しぶり？

そういえば、コプティのヒールポーションもまだ作ってなかったな。

「～～～♪」

フェアリーたちはあちこちふわふわと飛び回ってるけど、一定以上の距離には離れない感じ？

「ワフ」

ルピが小声でそう伝え、俺の方を見た後に茂みの向こうの方に目をやる。

何かがいるってことだろうけど……

「あれか……」

『鹿ですね』

三〇メートル以上離れてて、ここから弓で当たるかは微妙。向こうを向いているのでもう少し近づけるはずだけど……

「ここでちょっと待っててくれ」

フェアリーたちに小声で告げ、気配遮断をしっかりかけつつ前進。

グレイディアまで二〇メートルぐらい。もう二、三メートル近づけそうな気もするけど、最初に見つけた時は逃げられた苦い思い出が。

まあ、やってみるか……

静かに短弓を構え、骨鏃の矢を番《つが》える。

ヒュッ！

スキルアシストの効果で少し上に放たれた矢が、緩やかに下降しつつ飛んでいって、グレイディアの胴体に刺さった。

次の瞬間、いつの間にか近寄っていたルピが襲いかかって引きずり倒す。

「ナイス！」

ダッシュで駆け寄って、ルピの手伝いを少ししただけで、

【弓スキルのレベルが上がりました！】

ふう、上手くいって良かった。

『やりましたね』

「うん。結構、近寄れたのが良かったのかな？」

ミオンに答えつつ、グレイディアを解体。

皮が一番嬉しいかな。きっちり洗ってベッドに敷こう。

あ、肉は保存庫に移して、保存庫の本はキャビネットに戻さないと。

『ショウ君、気配遮断って今どれくらいですか？』

「え？　確か、この前あっちに行った時に上がった気がするから……いくつだ？」

ステータスを開いてみると、

NAME：ショウ　LV12
HP：306　MP：360
STR：46　DEX：40　AGI：30　INT：32　VIT：32　LUK：10
元素魔法：5　短剣：6　解体：6　鑑定：5　投擲《とうてき》：4　木工：7　石工：6
気配感知：7　気配遮断：MAX　応急手当：1　調薬：3　採集：6　料理：6
調教：5　罠作成：6　罠設置・解除：7　罠発見：3　陶工：5　素材加工：7
裁縫：7　弓：3　鍛冶：5　採掘：4　細工：5　精霊魔法：3　斧：5
伐採：6　水泳：3　潜水：3　大工：6　農耕：2　園芸：2
残りSP：28　残りBP：0
島民：14名

『すごいです。最大になってますよ』

「え、なんで最大……。ああ、マントとブーツのおかげか！」

素で7あって、マントで＋2、ブーツで＋1の合計10。

『もっと近づけたんでしょうか？』

「どうだろ？　グレイディアも気配感知みたいなのを持ってるだろうし、それと相殺してとかじゃないかな？」

『なるほどです』

気配遮断が最大レベルとはいえ、視界に映らないように隠れてたらだよな。

目の前まで行っても気づかれないとかだったら、確実に壊れスキルだし……

おっと、それはそれとして、

「おーい、もう大丈夫！」

茂みの向こうで待ってたフェアリーたちに手を振ると、なかなかのスピードで飛んできて、そのまま奥にあったグリーンベリーの木へと。

「ワフ」

「ん、ルピにも」

さっきのグレイディアの肉をスライスしてご褒美に。

「さて、あとはレクソン、ルディッシュ、チャガタケあたりを……」

「〜〜〜♪」

「え？　何？」

フェアリーたちが揃って、これを見ろ的な身振り手振りの先には……一メートルにも満たない若木。いや、さらにその枝先？

「あー、新芽が食われてるのか」

『さっきのグレイディアですか？』

「だね。実じゃなくて、新芽を食べてたのか。なんか、リアルでも鹿が増えすぎて山から木がなくなるとかあるらしいよ」

『そうなんですね』

新芽だけじゃなくて、冬には樹皮も食べたりするっていうもんな。

もちろん、その食われた木は枯れてしまい、土壌を支えるものがなくなって、地滑りを起こしたりするらしい。

「えっと、これをどうすりゃいいの？」

「～～～？」

言葉が通じないせいか、ジェスチャーを始めるフェアリーたち。

この若木を？　引っこ抜く？　え？　ああ、ちゃんと根から掘り出して？　運ぶ？

「ああ、はいはい。これを持ち帰って、山小屋がある盆地の方に植え替えて欲しいのね」

「～～～♪」

『いいですね。あそこなら鹿もいませんし、すぐ採りに行けますし』

俺もちょっと薬味が欲しい時に取りに行けるのは嬉しいかな。

というか、他の野菜も持ち帰って植え替えて増やすか。いや、それよりも……

「えっと、若木を植え替えるのはやるけど、他にも木の実だったり野菜だったりとか知らない？」

何度かあちこち回って鑑定してきたけど、やっぱり見落としがある気がしてる。

特に見たことがない草木に関しては、鑑定そのものをせずに素通りしてそうなんだよな。

『他にも採れるものが？』

「うん。フェアリーの方がよく知ってそうな気がするから、教えてもらえないかなって」

俺の言葉に円陣を組んで話し合い（？）を始めるフェアリーたち。

しばらく様子を見ていると、どうやら心当たりがある一人がすいーっと先導してくれるようなので、その後をついていく。

「え？　これ？」

ぱっと見、ただの草に見えるんだけど、とにかく鑑定。


【ペリルセンス】

『小さい白い花と粒の実をつける多年草植物。

料理：実は調味料として利用可能。素材加工：実を絞ることで油になる』

「あ！　荏胡麻《えごま》か！」

『ごまですか？』

「あー、うん。ごまでいいのかな」

荏胡麻とごまは違うはずだけど、多分、一緒にされてる感じ？

どっちにしても、食材にごまが増えるし、ごま油が確保できれば揚げ物も可能になるはず！

「〜〜〜♪」

「あ、うんうん、それね」

茎と葉の根元に濃い緑の袋があり、それを割ると……

「ほら、これ」

『ごまです！』

「ありがとう。他にもあったら教えて」

そうお願いすると、今度は別のフェアリーが「はいっ！」って感じで手を挙げて、また先導してくれる。なんだか一気に食材が増えそうな予感！


「ひとまずこんな感じで大丈夫？」

「〜〜〜♪」

南西の森でフェアリーにいろいろと新たな植物を教えてもらい、そのお礼というか、グリーンベリーの若木を盆地の泉の近くに植え替えた。

【農耕スキルのレベルが上がりました！】

【園芸スキルのレベルが上がりました！】

「おわ、両方か」

『おめでとうございます』

「さんきゅ。でも、これスキルの違いってなんだろな……」

勝手なイメージだけど、農耕は食用、園芸は鑑賞用の植物を扱うんだと思ってたけど……グリーンベリーは両方だから？

「ちょっと水やりしとくか……」

浄水の魔法を唱えようとしたところで、偉そうなフェアリーが目の前に飛んできてバッテンを作る。

『魔法で出した水はダメなんでしょうか？』

「ダメってことはないと思うんだよな。普通に飲めるんだし」

どういうつもりなんだろうと思ってると、偉そうなフェアリーが何やら他のフェアリーに指示を出してるっぽい。

泉の方に三人のフェアリーが飛んでいき、その手前にまた三人、さらに手前に三人。バケツリレーでもするのかと思ったら……

「おお～！」

『すごいです！』

手を繋いで輪になった真ん中を、湧き上がった泉の水が生き物のようにくぐっていく。

最後に、偉そうなフェアリーと他二人が水を散らして、グリーンベリーの若木にしっかりと水が行き渡る。

「～～～♪」

「あ、うん、すごいのはわかったから」

わざわざ目の前でドヤ顔しなくても、ちゃんと褒めるって。それよりも……

「今のって水の精霊魔法？」

「〜〜〜♪」

ドヤ顔のまま俺の肩に座って、うんうんと頷く偉そうなの。

「むう、ちょっと羨ましいな……」

『そうなんです？　元素魔法で水を出せてますけど』

「出せるんだけど、流水にならないから洗い物がね」

『なるほどです』

じゃーっと流れてる水で洗いたいっていうだけ。

水道というか蛇口っぽいものを、どうにか再現したいところ。

「うーん、俺にも使える？」

インベから極小の魔晶石を取り出して、偉そうなのに見せるが……首を横に振られた。

教えてくれないというよりは、無理って感じなのかな。

『ショウ君、水の精霊の獲得方法は判明してますけど……』

「あ、そうなんだ？　ごめん、教えて」

『水源地に近いところまで行く必要があるそうです。そこに魔晶石を浸せばいいそうですよ』

「あー、ってことは、この泉は違うってことになるんだけど……水源地ってどこだ？」

「ワフッ」

「え？　ルピ？」

ルピが見上げるのは島の中央。斜面を登った先がどうなってるのかはわからないけど、あそこに水源地があるってことか……ん？

「ルピってひょっとして、あのアーマーベアと一緒に、崖の上から転がり落ちてきたとか……」

「ワフン」

真面目な顔でそう答えるルピ。マジか……

そりゃ怪我もするだろうし、アーマーベアの方も実は弱ってて、だから早めに形態変化した？

『行ってみないとですね』

「うん。もう少ししたら行こうな」

「ワフッ！」

具体的には中間テストが終わるまで待ってもらうってことで……


「今って一〇時前ぐらい？」

『はい。九時五〇分です』

「りょ」

思い出した時にやらないとまた忘れちゃうし、今のうちにやっておこう。

「明かりを」

光の精霊に明かりを出してもらい、一階へと下りる。

『食材の整理ですか？』

「それもあるけど本をね」

魔導保存庫を開けて本を取り出し、肉やら肉やら肉やら……あと野菜も入れる。これは明日のライブの飯テロで使う予定。

「えーっと……これだ！」

『図鑑ですか？』

「そそ。これにルピのこと載ってないかなって」

何冊かある図鑑のうちの一つ。

動物について書かれてるっぽいそれを確保。かなり分厚い。

『なるほどです。ショウ君、その前にスキルを取らないとですよ？』

「あ、そうだった。えっと……」

スキル一覧を開いて検索……あった！

「動物学スキル取れる！」

『やりましたね！』

必要ＳＰ４だけど、さっそくポチっと取得！　さて、どうかな？

「ワフ？」

隣にお座りしてるルピが「何？」って顔で返事してくれるんだけど。

「あれ？　【狼？】のままだ……」

『やっぱりちゃんと読まないとダメでしょうか？』

「あ、まあ、そうか。上でちゃんと読むよ」

他の本はちゃんとキャビネットに戻し、図鑑を持って上がる。

椅子に座り、テーブルに置いた本をそっと開くと、名前順にこの世界の動物についての説明が簡単な挿絵とともに書かれていて興味深い。

「結構あるんだけど、どうやってルピを探せばいいんだろ」

『前から見ていくしかないんじゃ』

「まあ、そうか。とりあえず挿絵を頼りに見ていくかな……」

細かい解説は後回しにし、パラパラとページをめくって、狼っぽい動物を探していく。

「やっぱりドラゴンとかいるんだ……」

それも結構な種類がいるっぽい？　気になるところだけど、今は保留……


【動物学スキルのレベルが上がりました！】


「はやっ！」

『ざっと見ていくだけでも上がるんですね』

上がったことでなんのメリットがあるんだろ。

あ、これ……は違うな。アッシュウルフは普通に灰色の狼と。

「うーん、もう終わりそうなんだけど……あ！」

『見つけました？』

「これじゃないかな。『マナガルム』……幻獣……蒼空《そうくう》の女神の従者。狼の王……」

ルピを改めて鑑定。

【マナガルム：ルピ：親愛：自由行動】
『幻獣マナガルム。別名マーナガルム。黒地毛に金毛を持ち成体は体長二メートルを超える。古代より蒼空の女神の従者として仕えた狼。全ての狼を従える狼の王。
アーツ：〈マナエイド〉〈ハウリング〉〈急所攻撃〉』

「……」

俺の足元に寝転がってるルピを撫でると、スッとお座りして尻尾を振る。

さらに頭をもしゃもしゃと撫でると、嬉しそうに目を細めるルピ。可愛い。

体長二メートル超えても可愛いままなんだろうな。

『内緒にします？』

「どうしよ……」

多分、ルピってめちゃくちゃ強くなるよな、これ。

他のプレイヤーが「優遇しすぎ！」とか言い出すパターンな気がするんだけど。

そもそも、「そんなバランスで大丈夫か？」っていう……

『隠してもいずれ視聴者さんが気づきそうな気がします』

「そうなんだよなぁ」

動物学スキルがアンコモンで習得にＳＰが４必要。しかも本が必要なわけだし、今のところ取ってる人がほとんどいないんだろう。

でも、この先、ＳＰが余って取る人も出てくるはずで……

「話すか。あとあとになってバレるよりもだよな」

『はい。どのタイミングかはショウ君に任せます』

「おけ。あとフェアリーも来るかもしれないし、その時はあっち行ったこと以外は話すよ」

ノームとか他の種族が登場し始めてるし、多分、今がバラすタイミングだよな。

09　土曜日　突撃！　隣の島ごはん！

「座り心地はどう？」

「ワフ～」

家、山小屋にある椅子は普通の人用の一脚のみ。

ルピは俺が座ってる時は足元に寝転ぶんだけど、なんかこう……遠い？

なので、リフォームで出た端材を使って、ルピ用の椅子というか台を作った。

「まだまだ大きくなるみたいだし、その時は作り直しかな」

土曜日の午後。ミオンは習い事で不在。

真白姉と美姫は仲良くＩＲＯしてるっぽいし、ベル部長は『白銀の館』ギルドの皆さんと明日のライブの打ち合わせなんだとか。

俺も夜はライブだし、そのための準備をしようと思ってたんだけど、あいにくの雨模様。

「ちょうどここから土間の屋根が見えるのが良いよな」

西側の窓のすぐ下に土間の屋根があって、山小屋の片流れ屋根から滴る雨水を拾って流れていく。

風は常に山側から吹き下ろすので、その雨粒が窓から入ってくることもなく、ただただ潤いのある音を奏でてくれている。

「ワフ……」

台の上で丸くなったルピはすやすやお昼寝モード。俺は読書に専念することに。

「じゃ、この『基礎魔法学』からにするよ」

あとでアーカイブを見るミオンのためにカメラにそう伝えつつ表紙を見せる。

次にやることは【基礎魔法学】の取得。必要ＳＰが１ってことはコモンスキルなんだな。

普通に魔術士ギルドに置いてある本らしいし、まあまあ一般教養に近いのかな？


【基礎魔法学スキルのレベルが上がりました！】


一時間弱かけて、元素魔法の仕組みを習得。

基礎魔法学のスキルレベルが３になり、この本に書かれていた生活魔法と分類されるものが使えるようになった。

その中でも〈乾燥〉はかなり使えそうな気がする。干物とかすぐに作れそうだし、皮なめしとか、あと塩を作るのも楽になりそう。

そういや、これが基礎ってことは、応用があるはずだよな？　今度またベル部長に聞いてみるか。

「次はこれかな。図鑑の植物のやつね」

これは……あった。【植物学】を取得。必要ＳＰは４なのでアンコモン。

このスキルでもっといろんな食材を見つけられるといいなっていうあたり。あと調薬とか農耕とか園芸にも影響ありそう……

【植物学スキルのレベルが上がりました！】


「ちょっと休憩……」

植物学のスキルも3まで上昇。

昨日あの後、動物学が3まで上がったので、なんとなくそれと揃えておきたいだけ。

動物学も植物学も、一般には知られてないレア種に遭遇したらわかるとか、より細かくわかるとかいう感じかな。

あとは他のスキルにプラスの補正が入ったりか……

「ちょっとポーション作りしてみるよ」

コプティからのヒールポーションをまだ作ってないし、笹ポも品質上がるかもだし、調薬スキルに補正が乗るか確かめてみないと。


【調薬スキルのレベルが上がりました！】

【良質なヒールポーション】

『HPを回復する薬。良品。HP回復＋54』


「やっと良品できた……」

やっぱりスキルレベルが5にならないと良品ができないっぽいなあ。

コプティからヒールポーションを山ほど作ったところで、調薬スキルがレベル5になって、同時に良品ができた。

レベル3で始めた時は、ただの【ヒールポーション】でHP回復も＋40～45。

レベル4になってやっと＋45～50になり、レベル5で＋50を超えた感じ。

キャラ作ったばかりの時なら、これでHP半分近く回復するんだけど、今だと二割弱ぐらい……

そのうち、ハイポーション的なのが出てこないと、エリアボスとか強くなってきたら間に合わないよな、これ。

「よし、次は笹ポ作るか」

作り方自体は同じ。さくっと一本目を作って鑑定してみると、

【良質なヒールポーション】

『HPを回復するポーション。良品。HP回復3秒ごとに＋1。持続時間180秒』


ああ、こういう風に書かれてたのか。

なんで俺、今まで鑑定してなかったんだろ……まあいいけど。

ん？　これって笹ポはHP＋60になるから、コプポより上なのか？　いや、単に出来に振れ幅があるだけかな？

「うーん、まあいいか。あんまり作っても、保存庫圧迫するしなあ」

仙人笹とコプティを混ぜてポーション作ったらどうなるんだろう？　とか興味があるんだけど、そういうのはミオンがいる時にやりたいかな。

すごいのができても、全然ダメでも、リアクションがないとちょっと寂しいし……

「ワフ」

「お、ルピ起きたのか。ああ、雨上がったんだな」

土間で調薬に熱中してるうちに雨も止《や》んだらしく、雲の隙間から日の光が漏れ、濡れた樹々《きぎ》に反射してキラキラと輝いている。

今の時間は……とメニューを開くと午後四時前。あと一時間ほどあるし、ちょっと海の方を覗いてくるかな？　荒れてるようなら諦めるけど、砂浜の近くなら大丈夫のはず。

「よし、ルピ。散歩行こう！」

「ワフッ！」


「おっ！　これはアサリ？　ハマグリ？」


【クロムナリア】

『砂地に生息する二枚貝。食用可。

料理：身は旨味《うまみ》と弾力がある。素材加工：貝殻は各種素材になる』

あー、すごく良さそうな具材なんだけど、味噌《みそ》と醤油がないのが……

とりあえずはそのまま焼いてかな？　炒《い》ったごまをまぶすのも良さそう。

海苔の材料となるビリジールもたくさん取れたし、持って帰って〈乾燥〉で板海苔にしよう。

前はちょっと不恰好《ぶかっこう》だったけど、今回はちゃんとしたのが作れるはず。……まあ、最終的にはちぎって散らすんだけど。

「ワフ！」

「ん？　ルピ、どした？　って！」

でかい海老《えび》を見つけて、思わず飛び込んだんだけど……

「あー、逃した！」

「ワフ……」

「ごめんごめん」

うーん、やっぱり漁具も作らないとだよな。

この場合って釣りスキルがあればいいのか？　水泳とか潜水も絡む？

とりあえず、ヤスを作るのが一番良さそうな気がするな。

「三叉のヤスって……トライデントだよな」

なんとなく、半魚人が持ってるやつが頭に浮かぶんだけど、あれだと岩の隙間とかは無理そう。

先端は一本か二本にして、ちゃんと返しをつける方がいいよな。

「よし、そろそろ帰るか」

「ワフ」

「ん？　ああ、そっか。久しぶりにそっちから帰ろうか」

ルピが向かうのは南東側の密林の方。パプの実はこっちの方が多いしちょうどいい。

ちょっと作らないとと思ってた物もあったし、鍛冶もやらないとだよな。

◇◇◇

〈一〇秒前……、五、四、……〉

『みなさん、ミオンの二人のんびりショウタイムへようこそ！

ゲームミステリーハンターのミオンです。よろしくお願いします！』

【ブルーシャ】「キャー♪───O（≧▽≦）O───♪」

【デイトロン】「〈チャンネル名決定おめでとう：５０００円〉」

【ガーレソ】「〈良チャンネル名：１０００円〉」

えええー、チャンネル名決まっただけで投げ銭飛ぶの……？

『あ、ありがとうございます！

えっとですね。チャンネル登録者数が一〇万人を突破して、鉄の楯をもらえることになって、その時にデフォルトのチャンネル名でいいですか？　って連絡が来て……』

【カリン】「まさかの気づいてなかった！」

【デイトロン】「〈鉄楯おめでとう！：10000円〉」

【ブルーシャ】「〈目指せ銀楯♪：500円〉」

あわわわわ、また投げ銭がすごい勢いで……

『あ、ありがとうございます！　これからも「のんびり」続けていきますね。では、ショウ君に繋ぎます。ショウ君？　ルピちゃん？』

「ようこそ、ミオン」

「ワフ！」

俺とルピが今いるのは、リフォームした山小屋の玄関前の階段。

【ルコール】「挨拶かわよ～」

【ルマミール】「え、なんか綺麗になってません？」

【シェケナ】「二人のラブラブマイホーム!?」

今日はここからスタートして、リフォームした山小屋、蔵、土間を紹介したのちに、飯テロして

終わる予定。ルピの話はタイミングを見てかな？　なんだけど、その前に、

「えーっと、まずお知らせなんですけど、俺とミオンは連休明けからテスト期間に入っちゃうので、来週は動画投稿もライブもお休みします。ごめんなさい」

『すいません』

「ワフン」

【ブルーシャ】「テストはしょうがない！　頑張って！」
【オトトン】「学生の本分は勉強やし、ええんやで！」
【ギュイドン】「大人になってから勉強しときゃ良かったってなるからな！」

大人が多いからか「しっかり勉強しよう」っていう圧がすごい。

そして、すかさず言質を取ろうとするヤタ先生……

〈ちゃんと答えましょうねー〉

まあ、テスト悪くて部活に制限とかなると洒落《しゃれ》にならないから、頑張るんだけどさ。

「うっす。頑張ります」

『頑張りますね。それじゃ、まずはショウ君、後ろの建物から説明をお願いします』

「りょ。えーっと、前の動画で映ってた山小屋をリフォームして、こんな感じに」

立ち上がり、そのまま前へ進んでから振り向く。いい感じに山小屋の全体が映ってるかな？

うんうん、コメント欄がすごいことになってるけど、

『で、山小屋のリフォームの前にですね……』

「こっち側の蔵から作ったんだよな。結構、大変だった……」

右側、山側に建てた蔵へと視線を移す。

【ルマミール】「すごい！　ガレージみたいですね！」

【アシリーフ】「ガチ倉庫な件」

【ルネード】「ちょっw　本格的すぎ！w」

「前面は後でかなって思ってたんだけど、今のままでもいいかなとか。ま、こっちはホント、物置になってるだけなんで軽くで」

『はい』

中にあるのは、山小屋の古い板や柱の類《たぐい》に、新しく調達した木材の余り。各種道具なんかもこっちにまとめて保存してあるのを説明する。

【ポルポール】「石造りなのは石壁の魔法？」

【ナンツウ】「屋根は木の梁なのか」

【ルマミール】「上に少し隙間あるのは風通しのためでしょうか？」

「石壁の魔法と間に白粘土を挟んでっすね。アーチ組むのは無理なんで、木の梁を多めにして、屋根には薄い石壁って感じで……」

ざっくりと建て方を説明すると、やっぱり大工とか石工系の人たちが盛り上がってる模様。

一通り整理し終わったら燻製部屋を作る予定だけど、それはまた次の機会でいいかな？

「じゃ、次かな？」

『はい。山小屋をお願いします』

「おけ。えーっと、一階は元々あったままでリフォームはなし。かなりしっかり作られてて、直す必要もなかった感じ」

玄関の石段を上がって扉を開ける。

この扉も作り直したんだけど、前の扉をタックルして壊したのは内緒で……

「二階は柱以外、完全に新しくしました。床板もギシギシだったし、壁板もやばそうだったし、屋根もまあなんか微妙だったんで……」

【ミドリサン】「なんということでしょう！」
【デイトロン】「〈リフォーム代：５０００円〉」
【ブルーシャ】「家具とかはどうしたの？」

「テーブルと椅子は元々あったやつで。あ、これは新しく作り直したベッド。ロフトベッドに憧れてたんで。下のスペースはルピ専用ね」

「ワフン」

『私も初めて見たんですが、こういうのって憧れるものなんですか？』

【ラッセーラ】「わかる。ロフトベッド憧れるよね！」
【ルコール】「主張かわよ〜」
【オトトン】「最強の番犬、いや番狼やなｗ」

そのままテーブルと椅子、ルピのお座り台を説明。

そして、問題の一階へと続く階段……

「多分、前住んでた人の持ち物があって」

そう言いつつ、まずは下りたところにある高級キャビネット。

それをそっと開くと詰まっている本が映し出される。

【ダサトシ】「本!!」
【ナンツウ】「これは知識系スキル取れるやつ？」
【アシリーフ】「なんか図鑑っぽいの見えた」

知識系スキルと本の関係はもう一般的なんだなあとか思いつつ、一冊ずつ説明しだすとキリがないので後回しに。
「本と知識系スキルの話はまた後で。先にこっちを……これ、実は魔導具で入れたものを長期保存できる優れ物」
説明しつつ鑑定結果を見せると湧き上がるコメント欄。

【ディアッシュ】「裏山！」
【ミイ】「偉い人とかも持ってそう」
【チョコル】「今は何が入ってるんです？」

「えーっと、今は……」
要望に応えるかたちで開けてみせるんだけど、並んでるのは作りすぎたヒールポーションと肉。

【シェケナ】「完全に冷蔵庫ですね(^_^;)」
【グランド】「ショウ君らしいｗ」
【ミナミルゲ】「鮮度は大事やもんねｗ」

コメント欄がウケてるのはいいんだけど、俺ってそんな料理してるイメージなのかな。してるか。

今日もするしな。で、転移魔法陣は無事スルーして二階へと戻る。

ふう……、カメラに映らないように意識してるの疲れるんだよな。

『次は土間の方ですね』

「うん。えっと、この勝手口はリフォームで新たにつけたやつで、これを開けると……」

西側へと続く階段を下り、その先の土間には大きな石窯、調理台、テーブルに椅子。

そして、調理台には今日の飯テロ用の食材が用意されていて……さあ、飯テロの時間！


土間に下りて、まずは石窯に火を入れる。

「えーっと、いろいろと機能をつけすぎて、もはや石窯って感じじゃないんだけど」

新しく作った石窯は、中央にオーブン用に作られた部分、左にコンロもどきとして作られた部分、右に陶工用に作られた部分の三つに分かれている。

今、火を入れたのはコンロもどき用の部分。上には鉄のフライパンを置いてある。

【シャズナ】「もはやシステムキッチン」
【ミンセル】「料理人は道具にもこだわる」
【シデンカイ】「中華鍋じゃないだと？」

中華鍋も一瞬考えたんだけど、まずは普段使ってるフライパンと同じので。

「今日の食材、メインはこれ」

取り出したのはフラワートラウト。

前は串焼きと燻製だったけど、今日はまたちょっと別のものを作る予定。

『前と同じではないんですよね？』

「うん。もう一つメインがあって……これ」

木のボウルで砂抜き中のクロムナリア。

ゲームだし砂抜きとか不要かなって気もしたけど一応？　食べた時にガリってなるの嫌だし。

【ジョント】「焼きハマグリ!?」
【ミイ】「いやいや、アサリのお味噌汁でしょう」
【アクモン】「醤油とか味噌は？」

だよなー。俺も最初はそう思ったんだよ……

『えっと、何を作るんでしょうか？』

「まあまあ、ちょっと見てて」

結構大きなフラワートラウトを三枚におろし、軽く塩を振ってから……

とその前に、

「これ、自作のごま油」
【シェケナ】「え、ごま油って自作できるの？」
【フェル】「なんでも作れすぎでしょｗ」
【デイトロン】「〈ごま油代：５０００円〉」

せっせと集めたペリルセンスを魔法で乾燥させ、鍛冶で作った鉄の搾り機で抽出したごま油。

めちゃくちゃ力使ったけど、思ったより取れたのは素材加工のスキルのおかげかな？

ごま油をさっとフライパンに馴染《なじ》ませてから、フラワートラウトの身を放り込む。

程よく焼き色がついた時点で、やばい匂いがしてくるんだけど、今日はさらにここからがある。

「いい感じになってきたところで、クロムナリア、レクソン、キトプクサをドーンと投入！」

【リンレイ】「アクアパッツァ!?」

【マスターシェフ】「アクアパッツァだね」

【ヒラリ】「オサレすぎ！」

さすがに気づいた人がいるな。

昼にクロムナリアを見つけて、貝汁かなって思ったけど、味噌・醤油がないなら洋風だよなと。

「あとは塩を少々足して、水を入れて蓋をしてしばし」

『アクアパッツァで合ってます？』

「うん。中華風アクアパッツァかな。本当なら白ワインとかトマトが入らないとなんだけどね」

口が開くまで煮立たせた後、蓋をしたままテーブルへ。しばらく蒸らすのがいいらしい。

『完成ですか？』

「もうちょっと待ってね。今のうちに薬味を準備するから」

薬味っていうか、例によって海苔だけど。本当ならパセリのみじん切りとかのはず。

こっちも乾燥の魔法で綺麗に板海苔になったのを、軽く火で炙《あぶ》って香りを引き立たせる。

さて、そろそろいいかな……

「よっと！」

いい感じに旨《うま》みが出てそうなクロムナリア、しっかり火の通ってるフラワートラウト。

レクソンやキトプクサもいい色合いになってるんだけど……赤いプチトマトかパプリカが欲しかったところ。

『美味しそうです！』

「まだまだ。最後にきざみ海苔を散らして、追いごま油を軽く垂らして……完成！」

【ガフガフ】「飯テロ：来たわよ」

【デイトロン】「〈アクアパッツァ代：10000円〉」

【マルサン】「ナイスパッツァ！」

まあ、見た目は確実に美味そうだもんな。

「ワフッ！」

「ん、ちょっと待って」

ルピのランチプレートに、切り身と貝と野菜を盛って、スープはやけどしないように少しだけ。

「じゃ、いただきます！」

「ワフン！」

最初は当然、フラワートラウトの切り身から。

箸ですっとほぐれる白身はごま油の香ばしさも漂ってきて……

「うまい、マジうまい……」

白身なのにジューシーだし、それに貝の旨み、ごま油、海苔が加わって最強クラス。

クロムナリアは初めてだからちょっと不安だったけど、アサリとハマグリを足して二で割らないぐらい味が濃い……

【クショー】「ぐぎぎぎぎ……」
【ブルーシャ】「ずるい！」
【フェル】「これなんのゲームだっけ？w」

『うう、美味しそうです……』

あんまりやりすぎるとミオンが怒りそうだし、ほどほどにしとかないとな。

まあ、リアルで作りに行ってもいいし、この前みたいな食材を用意されたら、不味く作る方が難しいし。

「ワフッ！」

「はいはい。ルピ、おかわりな」

ちゃんと貝の身だけ食べてるルピ。なかなかに器用。

まだまだ食べそうなので、残っている全部をよそってあげる。

「というわけで、新しい家の説明はこんなとこかな？」

『はい。残りの時間は質問コーナーにしますか？』

「あ、うん」

【ヨンロー】「質問ターイム！」
【ドンデン】「飯テロしか頭に入ってねえ！」
【アシリーフ】「本！　本なにがあったの!?」
今日はいつもよりは質問タイム長め。

本のあたりはいったん飛ばしたし、そのあたりの質問が多い感じ。

『じゃ、本についてお願いします』

「うん。えーっと、図鑑の類とか元素魔法の本が多かったんだけど、まだ読めてない本もたくさんあって。で、プレイヤーの皆さんは知ってると思うけど、本で知識系のスキルをいくつか取って、それでわかったのが……ルピ」

「ワフ」

おかわりもぺろりと平らげたルピを呼んで、例の鑑定結果【幻獣マナガルム】の詳細を見せる。

【ブルーシャ】「♪――Ｏ（≧▽≦）Ｏ――♪」
【サブロック】「やはり神の使い！」
【ネルソン】「フェンリルだと思ってたけどそっちか！」

そりゃ驚くよな……。

『ルピちゃん、やっぱりすごく強いんでしょうか？』

「どうなんだろ。俺って周りに比べる相手がいないからなんとも。ただ、ルピが強かったら、それはそれで、この先もっと強い相手が出てくるんだろうなっていう……」

レッドアーマーベアですら手一杯だったのに大丈夫なのかっていうね。

【クサコロ】「あっ……（察し）」
【チョコル】「しかも基本ソロだもんねえ」
【ロッサン】「またソロ討伐褒賞取れる！ｗ」

『そうですよね。心配です……』

「あ、そうそう。この先のっていうか、あの『解錠コード』の扉のことがわかって。えっと、これに書いてあったんだけど……」

インベから例の『記録』を取り出す。

この山小屋を使ってた人が、左遷されてこっちに来たけど、なんかピンチで行ったっきりという感じでかいつまんで説明を。

『テストが終わったら、あの扉を開ける予定ですよね？』

「うん。ちょっと厳しいかもだけど、見てみないことにはね」

ルピがいたっていう山の上の方に行くには、あの扉を開けないとだろう。

ひょっとしたら、ルピの親兄弟がいるかもしれないし、連れていってあげたいんだよな……

『えーっと、次の質問は……これにしますね。「今欲しいものはなんですか？」です』

「欲しいものか。うーん……味噌と醤油かな？」

【マスターシェフ】「ショウ君ならそういうと思ったよ」
【チョコル】「調味料足りないですよね……(T_T)」
【マーシー】「今、料理プレイヤーたちも悪戦苦闘してるよ～」

あ、やっぱり味噌と醬油作ろうとしてる人たちいるんだ。

じゃあ、あれを見せておかないとかな。

「これ、この間見つけたんだけど」


【グリシン】

『白く小さな花をさかせる蔓草《つるくさ》。実は食用で採集時期によって味も変化する』

【グリシンの実】

『グリシンから採れる実。

料理：生の青い物は苦味あり。乾燥した物は素朴な甘味』

どう見ても大豆なんだよな。

大豆はもともとつる豆っていう植物だったとか、ばあちゃんに聞いた覚えがある。リアルのつる豆は味がほとんどしないらしいけど。

【マーシー】「それそれ。枝豆ってか大豆だよねー」
【モルト】「帝都の豆の煮込みは結構美味しいぞい」
【ネルソン】「納豆作ろう、納豆！」

あ、普通に食用で出回ってるんだ。

なら、やっぱりこれを使って味噌と醤油ってなるよな。

「今日はちょっと出番がなかったけど、これもそのうち食べたいなって」

『どういった料理ですか？』

「単純なのだと、茹《ゆ》でて塩振って、枝豆的な？　あと、海水から塩を作った時に、にがりを確保してあるから豆腐？」

【シェケナ】「湯豆腐！」
【ミンセル】「冷奴《ひややっこ》……は醤油欲しいか」
【アクモン】「厚揚げ！」

なんだか、お酒のつまみの方向にどんどんいってる気がする。

『そういえば、この間食べてた焼き鳥も美味しそうでした……』

「ああ、あれか。えっと、パーピジョンって普通にいる鳥です？」

コメント欄に聞いてみると、どうやら一般的な食材らしいけど、捕まえるのが大変なんだとか。

うちはルピが優秀だからなあ……

「また作りたいかな。ごま油の搾りかすを混ぜたつくねとか良さそう」

【リーパ】「店長、皮とネギマ頼むわ」
【ブルーシャ】「私、ぼんじり～♪」
【デイトロン】「〈つくねをタレで：5000円〉」

「あ、俺もつくねはタレ派。卵黄とかのせるのもいいし……って卵も欲しいんだよな」

『島ではニワトリさんも見ませんよね』

「そうなんだよなあ。扉の先に野鶏でもいるといいんだけど」

【ロコール】「卵って王都だと普通にあるね」
【ルウキュン】「だいたい街壁の外に養鶏場あるな」
【ストライ】「畜産スキルで酪農してる人いるよ」

「え、畜産なんてスキルあるんだ……」

いや、あって当然だよな。農耕とか園芸があるんだし。

鶏《にわとり》とか牛とか山羊《やぎ》とか捕まえられたら、畜産スキルも取らないとか……

『じゃ、最後はこの質問で。「デザートは作れますか？」です』

「島でデザートは今のところは難しいかな。小麦粉、卵、牛乳がないからクッキーもケーキも無理だし。あるとしたらフルーツなんだけど……ああ！」

まだ間に合うよな。

コンロに土鍋を置いて水を張る。

『え？』

パプの実を一つ取り出して皮を剝《む》いて……。よし、沸騰してるな。ぽちゃんと入れて数秒。殺菌のためだからいらない気もするけど。

【マルタイ】「なんか作り始めた！」
【ノンノンノ】「え？　干す時間ある？」
【ケダマン】「干し柿作りＲＴＡ」

さすが気づいてる人がいるっぽい。

で、まずは少しだけ、

「〈乾燥〉」

乾燥の魔法をしばらくかけて……これくらいかな？

『干し柿ですか？』

「そそ。っと、表面が固くなったあたりで軽く揉む」

で、また乾燥を、今度は萎《しな》びてくるぐらいまで。

「この状態の時はグッと中まで揉む感じ」

それが終わったら、さらに乾燥をかけて……

「できた！　……はず」

【ムシンコ】「乾燥便利すぎひん？」

【マスターシェフ】「なるほど。私も覚えようかな」

【ヨンロー】「売ってるドライパプと違うな」

『それは……美味しいんですか？』

「まあ、見た目には美味しそうって感じではないけど、こうやって割ると……」

萎びた外側とは対照的に、中身がとろっとしている。

「このジュレみたいな部分がめちゃくちゃ甘くて美味しいんだよ」

溢《あふ》れそうなそれをぱくっと……

「うわ、めっちゃ甘い……」

【デイトロン】「〈スイーツ代：10000円〉」
【シェケナ】「ナイスイーツ代♪」
【ブルーシャ】「とろとろ干しパプ！(*≧∀≦*)」

これはでもリアルでは真似できないよなぁ。

乾燥の魔法っていうズルを使えるからできる感じだし。

『うう……。ショウ君、そろそろ時間です』

「ああ、ごめんごめん」

【コージ】「一時間あっという間！」
【アサナサン】「おつおつ！　テスト頑張れ！」
【メッセレン】「テスト頑張って～o(^▽^)o」

ホント、いつもあっという間だよなぁ。

緊張してるからかな？　でもまあ、なんかちょっと慣れてきた気もするし。

「じゃ、次回は再来週かな？」

『はい。では皆さん、ありがとうございました。またお会いしましょう！　さようなら～』

「ワフ～」

「またー……あっ！」

「～～～♪」

俺の左手に残ったとろとろ干しパプを奪ったのは、いつの間にかそこにいた偉そうなフェアリー。

えっと……

〈ライブは終了しましたよー〉

【サクレ】「なんかいたぞ!?」
【ドラドラ】「ふぁ？　フェアリー？」
【ミッサマ】「なんてオチw」
【デンガナー】「なんちゅータイミングやねん！」
【ミサトン】「次回！　妖精襲来！」

「……どうしよう？」

『すごいタイミングで来ちゃいましたね……』

とろとろ干しパプを完全に奪い取った偉そうなフェアリーは、テーブルに座り込んでそれをバクバク食べている。

その幸せそうな顔を見てると怒るわけにもいかないし、というか、怒るのも筋違いだよなあ。タイミングの問題なだけで、来たら普通に紹介する気だったし。

「今って一〇時前だよね？」

『はい』

「短編動画作ってアップできる？」

『はい！』

他のフェアリーたちも呼んで『島の新しい住人です』って感じの三〇秒ぐらいの短編動画を投稿して許してもらおう。

「それ、他のフェアリーにも作ってあげるから呼んできて」

「〜〜〜!!」

そう言うと一目散に飛んでいく。

「じゃあ、今からまた作って、フェアリーたちが食べてる様子を映してって感じでどうかな？」

『いいですね。すごく平和そうですし』

問題はフェアリーたちを助けに行った時にいたプレイヤーが気づくかもってぐらい？

まあ、何か言われてもスルーしてればいいか。

「じゃ、今のうちに準備するよ」

『ショウ君。短編用の動画が撮れました』

「りょ。んじゃ、俺は後片付けして上がるよ」

『はい』

ラストでハプニングあったけど、うまくいった感じかな？

〈二人とも今日はとても良かったですよー〉

「あ、ヤタ先生」

『今日もありがとうございました』

〈もう見てるだけで大丈夫そうですねー〉

そう言ってくれるのは嬉しいけど、この島、何が起きるか本当にわかんないのがなあ。

俺もミオンもテンパった時が心配だけど……見ててくれるなら大丈夫かな？

【無人島実況】ミオンの二人のんびりショウタイム【ショウ君&ルピちゃん】
【のんびり視聴者】
チャンネル名デフォから変わった！
【のんびり視聴者】
なんだこの砂糖吐きそうな名前はｗ　末長く幸せに爆発しろｗ
【のんびり視聴者】
壁、壁はどこですか？ｗ
【のんびり視聴者】
設定してるのミオンちゃんだよね？　さっそく尻に敷いてる感じ？
【のんびり視聴者】
あ、スレタイも変わったｗ　てか、名無し名も変わったｗ
これは運営が？　プレイヤーも変更できるんだっけ？
【のんびり視聴者】
タイトルは運営だけだった気がします。
誰でも変えられると問題ありそうですしね。
【のんびり視聴者】
まあ、そんなことしたらＩＲＯからＢＡＮされるかもだろうけど……

【のんびり視聴者】
アクアパッツァ！　ワインで大・正・解‼
【のんびり視聴者】
イタリアンでいいんだっけ？
しかし、ショウ君、なんでも作れるな……
【のんびり視聴者】
あれ？　トマトは？　いや、ファミレス記憶で申し訳ないんだが。
【のんびり視聴者】
イタリアンはそうかな。古典的なのはトマト入らないのもあるらしいよ。
【のんびり視聴者】
めちゃくちゃ美味そう。ごま油が暴力的すぎる……

【のんびり視聴者】
幻獣、マーナガルムか！
北欧神話に出てくる狼っていうと、フェンリルのイメージ。
【のんびり視聴者】
いやいやいやいや、さすがにそれはズルない？
どんだけ強いねんっていう……

【のんびり視聴者】
フェンリルの子孫がマーナガルムだった記憶。
月を追いかける狼ハティなら知ってる人もいるかも。
【のんびり視聴者】
強いんだろうけど、まだ全然ってことじゃないかな。
そもそも怪我してたわけだし。
【のんびり視聴者】
あ、せやな……
この島でソロでってなったら、そりゃキツいわな。
てか、種族名やし、ユニーク個体って感じでもないんか。
【のんびり視聴者】
それより、蒼空の女神って何？
やっぱりプレイヤーが祝福を受けてる女神の一人？
【のんびり視聴者】
そうです。主神が月白の女神。
それをサポートする三人の女神が、紅緋《べにひ》、翡翠《ひすい》、蒼空になります。
【のんびり視聴者】
え？ そんなこと公式に書いてあった？

【のんびり視聴者】
神殿行きましょう。ちゃんとどういう女神かも像があってわかりますよ。
【のんびり視聴者】
はーい……

【のんびり視聴者】
飯テロからのスイーツテロ。
チャンネル名変わったけど、配信内容は変わってなくて一安心。
【のんびり視聴者】
島はワールドクエスト関係ないからねー。
新チャンネル名っぽく、二人のんびりをやってくれればそれでもう。
【のんびり視聴者】
次回は再来週かー。
動画投稿もないっぽいし、真面目にクエストでもやるかな……
【のんびり視聴者】
え？　なんだあれ？　あ、終わった……
【のんびり視聴者】
フェアリーじゃない？

【のんびり視聴者】
島にフェアリー住んでたってことか？

【のんびり視聴者】
短編動画キタ！　島の新しい住人！　一二名！
【のんびり視聴者】
ちょ、デザートパーティーしてる！　可愛すぎ！
【のんびり視聴者】
この島、プレイヤーとＮＰＣ以外で王国になりそうな予感……
【のんびり視聴者】
それは『動物王国』的な意味でだよな？ｗ

【一汁一菜】料理人の集い【美酒佳肴《かこう》】
料理スキルをメインにＩＲＯを楽しむ人たちの交流の場です。
これから料理スキルを取ろうという人も大歓迎！
ＩＲＯは『料理のレシピ』的なものは基本的に存在しません。
食材を用意してボタンポチでできるわけではないので注意！
さまざまな料理がありますが、基本リアルと同じだと思ってもらって大丈夫です。

食材が向こうの名前になってる部分だけ気をつけましょう。
※リアル食材名→IRO食材名対応表はこちら。》【リンク】

【名も無い料理人】
うーん、フラワートラウトは獲《と》れるが、クロムナリアだっけ？
あの貝は砂浜で獲ったんだろうなあ……
【名も無い料理人】
帝国・公国ではちょっと望み薄だね。王国とか共和国なら取れる？
【名も無い料理人】
王国だと南西へと流れてる川の先に漁村があるよ。
そこで採れた魚の干物とかは流通してるけど、貝は見ないね。
【名も無い料理人】
共和国は南東へと流れる川の先だけど、場所的に魔王国領だからなあ。
アンシア領あたりで取引してくれないかね。

【名も無い料理人】
用意できた食材で何かパッと作れるなんて、もはやプロだよね。
リアルでどれだけレパートリーあるんだ？

【名も無い料理人】
ミオンちゃん、手料理ご馳走してもらったのかしら？
【名も無い料理人】
気になるねぇ。まあ、胃袋掴まれても今さらな気もするけどｗ
【名も無い料理人】
しかし、味噌と醤油はショウ君でも無理か。小麦、卵、乳もないって嘆いてたもんな。
【名も無い料理人】
送れるものなら送ってあげたいところ。
魔法を料理に使って、とろとろ干し柿は盲点だったし、お礼がしたいｗ
【名も無い料理人】
ドライパプはからっからだったもんね。
乾燥の魔法って元素魔法取っても使えないよね？
【名も無い料理人】
知人に聞いたら、基礎魔法学を取って本を読めばいいらしい。
それで生活用の魔法が何種類も増えるって。
【名も無い料理人】
元素魔法と基礎魔法学で２ＳＰか。
ちょうどワールドクエストのＳＰがあるから、それ使おうかな。

【名も無い料理人】
考えることは同じだね。
もう取ってきて、さっそく乾燥の魔法やってみたけど、便利すぎだよ。
ただ、量×時間で結構ＭＰ持っていかれる。
【名も無い料理人】
ＭＰはＩＮＴが影響するんだっけ。
あ、でも服でもどうにかなるか？
【名も無い料理人】
さすがに調理中にローブとかマントは……
【名も無い料理人】
そこはエプロンとかにしようよｗ

10　日曜日　甘味が好きなスウィー

朝飯を終えて、真白姉が寮へと帰るのを駅まで見送りに。

「じゃ、体に気をつけて。あと好き嫌いはほどほどに」

「わーってるっての！　それよりも……だ！」

ガバッとヘッドロックで締め上げられる。

「お前、澪ちゃんのこと泣かしたら、わかってんだろうな？」

「そんなことしないっての！　いててて！」

ドスの効いた声と共に、締め上げる力が増していって……マジ痛いんだけど!?

「まあまあ、姉上。我が見ておるから心配せんで良い」

「美姫。ちゃんと見とけよ？」

「わかっておる。ほれ、そろそろ電車の時間だぞ」

その言葉でようやくヘッドロックを解いてくれた真白姉。足元に置いてあった荷物を持ち直し、

「じゃ、今度は夏な！」

そう言って走り出すと、振り向きもせずに改札を抜けていった。

ホント、台風みたいな姉だよ……

「で、真白姉は大学、寮へ戻ってもＩＲＯ続けるつもりなのか？」

「うむ、気に入っておったし、しばらくは続くであろうの」

家への帰り道。真白姉がどういうゲームプレイをしてたのか気になったので美姫に質問を。

レオナ様とＰＶＰした後は「実戦だ！」ってことで、あちこち行って、いろんなモンスターと戦ったらしい。一緒にいたのはセス、同じ寮のシーズンさん、それと、

「シーズン殿とポリー殿が、ちょうどキャラレベルも近《ちこ》うて助かったのう」

いいんちょが付き合ってくれたらしい。ホントありがたい。

パーティとしては、セスがメイン盾、マリー姉がアタッカー、ポリーが弓と精霊魔法、シーズンさんがヒーラーだったそうだ。

「シーズンさんって生産メインの裁縫プレイヤーじゃなかったっけ？」

「うむ。だが、怪我しそうな姉上を放って置けんとな……」

と苦笑いする美姫。なんかもう、ホントすいません。

俺がセスやマリー姉と兄妹なのは知らないので、心の中で謝っておくことにする。

「他のスポーツみたいに、すぐ飽きないといいんだけど」

「さすがに一日二日ということはなかろう。少なくともレオナ殿に勝つまではの」

「ああ、そりゃ確かに」

真白姉、めちゃくちゃ負けず嫌いだし、負けたまま辞めるはないな……

お昼を済ませてバーチャル部室へ。

俺を待ってくれていたミオンと合流し、すぐにＩＲＯへと。

「今日はどうするかな。えーっと、やりかけのことたくさんあるよね？」

『はい。メモしてありますけど……読みましょうか？』

「助かるよ。ざっくり教えて」

『えっと……』

・南東の洞窟から海岸までの道（不要？）
・南東の洞窟の入り口に扉（セーフエリア確認）
・木箱とかつづら（？）を作る。
・ミニチェストを作って置く。
・未読の本を読む（図鑑とか）
・一階への階段に落ちない柵（急がない）
・土間からの排水整備。
・畑を作る。
・小さい盾？（盾スキル）
・スキルについて（土木、畜産）
・解錠コードの扉を開ける。

最後のやつはテスト終わってからで確定なんだけど、それ以外にもやること溜まってる。けど、

「引っ越しちゃったし、前の洞窟まわりのやつはやらなくていいかな？」

『あ、そうですね。扉もうなくても大丈夫だと思います』

この二つはキャンセル。木箱作りとかは、テスト週の『ゲームは一日一時間』期間でいいか。

となると、土間からの排水整備をやっといた方が……

「ワフ！」

「ルピどうしたの？　って……」

いつの間にか現れたフェアリーたちが、甘いものを欲しそうにこっちを見ている。

『ショウ君』

「あー、うん。じゃあ、グリーンベリーでも採りに、いや、もっとこっちに樹を増やそうか」

「〜〜〜♪」

最初に出会った偉そうなフェアリーが俺の肩へと座り、うんうんと頷いている……

大きさ的には結構重そうな感じなんだけど、それをさっぱり感じないのはフェアリーだからなのかな。

『さっそく行きますか？』

「そうだね。この偉そうなのが怒りださないうちに」

『あの……。そのフェアリーさんだけでも、名前をつけてあげたほうが……』

名前かあ。ぱっと思いつくのは『セス』……、美姫に怒られるよな、絶対。

「ミオンは何かアイデアない？　ルピもすごくいい名前だったし」

『そうですね。甘いもの大好きでしたし「スウィー」でどうでしょう？』

「いいね！　えっと『スウィー』って呼んでいい？」

「〜〜〜♪」

お、サムズアップで返してくれたってことはオッケーでいいのかな。

「さすがミオン。一発オッケーっぽいよ」

『良かったです！』

甘味好きで『スウィー』か。いいセンスしてるよなあ。


スウィーが指定する樹を一本ずつ、根っこを傷つけないように丁寧に掘り出して、山小屋がある盆地の泉の近くへと植え替え。前に植え替えたのも含めて。これで六本になった。

「ふう、疲れた……」

『やっぱり重かったですか？』

「うん。樹自体は大したことないんだけど、根っこが土を抱えてて、それが重かった」

ＳＴＲ結構あると思うけど、さすがに俺と同じ大きさの樹を抱えての移動はキツい。

途中、ルピが掘り出した土から【サブマロ】っていうキノコを見つけてくれたのは予想外。

スウィーとフェアリーたちが水をやっているのを見つつ、そのサブマロを鑑定。


【サブマロ】

『地中で育つキノコ。地表に出て傘が開くと固くなるため、食用には小さく柔らかい方が好まれる。料理：甘く濃厚で独特の食感がある』


『キノコだとは思いませんでした』

「泥団子みたいだもんね。多分、これってツチグリだと思うよ」

『えっと、土の栗《くり》ですか？』

「名前の由来はそれで合ってたと思う。えっと……」

ミオンがやっぱりピンときてないようなので軽く説明。

土に埋もれて育つキノコで、傘が開いてなくて、中が白いのは味噌汁の具にしたりもできる。

『不思議なキノコですね』

「ミオンはトリュフとかも食べたことあるんじゃない？　あれも確か土の中にあるし」

『食べたことはありますが、あんまり美味しいとは思いませんでした。ショウ君が作ってくれたお料理の方がずっと』

あー、ニラ玉に入ってたしめじかな？

「まあ、『香り松茸《まつたけ》、味しめじ』なんていうからね」

『え？』

ちなみに、ここで言われる『しめじ』は『ぶなしめじ』じゃなく『本しめじ』のことなんだとか。

まあ、どっちも美味しいけど。

『ショウ君、物知りすぎです』

「いやいや、これもじいちゃんの受け売りだから」

そんなことを話していると、

「「「〜〜〜♪」」」

「あ、終わった？　これで満足？」

「〜〜〜♪」

スウィーからのオッケーも出たし、あとはフェアリーたちに育ててもらおう。

「じゃあ次はって、もういい時間かな？」

『はい。午後五時前です』

「りょ。じゃ、続きは夜で」

◇◇◇

夕飯も食べて夜のＩＲＯ。

やろうと思っていた土間からの排水周りをやってしまおう。

「じゃ、このあたりから始めるよ」

『どういう感じか説明してもらっていいですか？』

「あ、うん。えっとね……」

側溝を掘っていって、泉に流れ込む前にちょっとしたため池を作ってってってぐらいだけど。

「ここからこうずーっと掘っていって……この辺に一メートル四方ぐらいのため池かな。その上澄みだけが流れ出て……泉に流れ込む感じ」

スコップを持って、てくてくと歩きながら、敷設予定をミオンに説明していく。

側溝の幅、深さは三〇センチぐらい。その内側に石壁を貼ってって感じかな。

『なるほどです。結構、距離がありますね』

「だよな。こういう時に土木スキルがあったら役立ったのかなあ……」

結局、土木スキルについては見当もつかない状態が続いてるんだよな。

『ショウ君。キャビネットの本に地学の本があったと思うんですが、あれを先に読みませんか？』

「あ、ごめん！　すっかり忘れてた……」

あれを確認しなきゃって話だったのに、すっかり忘れてた。

あの後って……そうか、スウィーに連れられてフェアリーを助けに行ったから忘れちゃったのか。

スコップを置いて、勝手口から入り、一階に下りてキャビネットを開く。

「確かこの辺にしまったはず。これかな？　『土、石、岩について』だよね？」

『はい、それです』

ここで読むのもあれなので、ひとまず持って上へと。天気も良いし、外で読むか。

まずは表紙をめくって……

「えっと……『土、石、岩について～応用魔法学〈地〉～』……え？」

『魔法なんですか？』

「みたい。っていうか、めちゃくちゃ専門書っぽいんだけど、これ理解できんの？」

どう見ても高校一年生が理解できる本じゃなさそうなんだけど。いや、そもそも魔法だからなんでもありなのか？

『ショウ君、スキルを』

「あ、そうだった」

えーっと……応用魔法学でいいのか？　『魔法学』で検索して……

「あった！　応用魔法学〈地〉。アンコモンか」

アンコモンってことは必要ＳＰは４。今、ＳＰあまりは19……

『どうしますか？』

「取るよ。多分、ここの本で取れるやつは取っとけってことだと思うし」

ゲーム的に考えれば、この先必要になりそうなものを用意してくれてるはずで、先に読んでおくべきだったよな。というわけで取得。

「スキル見る感じだと応用魔法学って水・火・風もあるな」

『他の本も探します？』

「今すぐ全部取るのは、ちょっと厳しいかも……」

残りＳＰは15。水・火・風の三つで12だから全部取れなくもないけど。

『まずは土木スキルが先ですね』

「うん。えっと、土木スキルは……ダメだ」

『ダメでしたか。ごめんなさい』

「いやいや、ミオンが謝ることじゃないって」

これじゃない別の……いや、待て。

「ちゃんと読んで、スキルレベル上げてみるよ。樹の精霊って農耕か園芸のスキルレベルが必要とかだったよね？」

『はい』

「土木スキルも前提として……応用魔法学〈地〉のレベル5以上とか？　そういうのありそうかなって」

そもそも応用なんだから、基礎のレベルも上げないとかな。基礎がレベル3で、応用がレベル5って変な気がするし。

『なるほどです』

「本読むだけだから、ベル部長のライブの方を見ててもらって……」

『大丈夫ですよ。ショウ君のこと、見てますから』

あ、うん、はい……

【応用魔法学〈地〉スキルのレベルが上がりました！】

「ふう。これで両方ともレベル5……」

『お疲れ様です』

学問系のスキル、時間かけて本読めば上がるの早い。まあ、5まではって感じなんだろうけど。

「退屈してない？」

『いえ。ショウ君、本読む時に独り言言うんですね』

「え？」

ちょっと楽しそうにミオンが言う。

俺、自分じゃ気づかずに、ぶつぶつ言ってたっぽい？

いや、「あー」とか「なるほど」とかは言ってる気がする……。

『土木スキル、どうですか？』

「あ、そうだった。えっと……きた！　取れる！」

『おめでとうございます！』

土木スキル、アンコモンだからSPは4か。

ここまでやって取らないって選択肢はないよな……。

「取った……けど、よくわからないな。いやまあ、何かしないとなんだろうけど」

『ショウ君。もうすぐ一一時になっちゃいます』

「うっ、明日はもう学校なんだった。終わりにするか」

もっと早く本読んどけば良かった……

『それで、部長とセスちゃんが部室で待ってるんですが』

「え？　土木スキルのことで？」

『いえ、何かあったみたいです。時間は取らせないからと』

何かあったって、なんだろ？　今日のライブはノームの里を確認に行ったんだっけ？

まあ、いいや。とりあえず部室行こう。


「ただいま」

『おかえりなさい』

『兄上、おかえり！』

ミオンがいつものように小さく手を振って迎えてくれる。

セスもまだ電池切れではないらしく元気な模様。逆にベル部長は少しお疲れのご様子？

「ごめんなさいね。ちょっと意見を聞きたくて」

「なんです？」

「ノームの里の安全確認に行ったのは知ってるわよね？　それでね……」

そのノームの里だった場所はモンスターに荒らされてしまっていたらしい。

で、それならそれで、ちゃんと再建してあげてって話になると思うんだけど、

『何か問題が？』

「ノームたちにずっといてもらいたいっていう人たちが結構いるのよ……」

「あー……」

なんか可愛いって話だもんな。お姉さん方がキャーキャー言うぐらいに。

「でも、なんで俺に意見を？」

「兄上はフェアリーを保護しておろう。彼女らは普段どうしておるのだ？」

「え、放置して……。いや、一応、食料を取りに行く時はルピに護衛についてもらってるかな」

あれを保護っていうのかどうかは微妙だけど。

「そうなのね。何か要望的なものとかは？」

「一番偉そうなフェアリーがいて、こっちの話は通じてるっぽい？」

『はい。スウィーちゃんは理解してると思いますよ』

スウィー以外のフェアリーも、こっちの言葉は理解してる感じなんだよな。植物探しとか手伝ってくれたし。

なんかこう……通じるための何かが？

11　月曜日　近すぎて話せない

「おはよ」

「ぅん、おはよう……」

連休明けてテスト期間に突入の初日。

テスト自体は木金なんだけど、今週いっぱいは部活禁止。土日は、もうテスト終わってるんだからいいじゃんって感じだけど、月曜にテストが返ってくるまではダメなんだとか。

「ライブが部活になっちゃってるからなあ」

「のんびり……」

「あ、そうだった」

一人ののんびり、いや、二人ののんびりがメインなんだから、焦る必要はないかな。

連休中にちゃんとした家もできたことだし。

「出雲さん、伊勢くん、おはよう」

「ああ、いいんちょ、おはよ」

「ぉはよう」

いつの間にか後ろから追いついたのか、いいんちょがミオンの隣へと陣取ると、

「出雲さん、近すぎじゃない？」

「？」

だよな！　なんか、電車の中から近いなって気がしてたんだけど、離れるのも悪くて言い出せなかったって感じなんだよ！

「いや、俺に睨まれても……はい」

「ん……」

って、俺がちょっと距離取ったら、すっと間を詰めてくるんだけど？

その様子に大きくため息をつくいいんちょ。

こういう時は、ヤタ先生の十八番《おはこ》。とりあえず話題転換！

「いいんちょ、一昨日とか真白姉と遊んでたって聞いたけど？」

「え、ええ。真白さん、相変わらずだったわ。美姫ちゃんもそうだけど、真白さんもすごいわよね」

よしよし。いいんちょ、真白姉のこと尊敬してたし、真白姉もいいんちょ可愛がってたからなあ。

俺とナットがアホなことしてると、いいんちょにバレて注意された挙句、真白姉に告げ口されるまでがセットだったたし。

「あちこち行ってたみたいだけど、今って？」

「そうね。最後は美姫ちゃんや柏原くんがいるところだったかしら」

ふむふむ。なら、いいんちょに任せたいことがあるんだよな……

「へー、んじゃ、テスト期間中は『ゲームは一日一時間』ってやつか」

「だな。熊野先生にバレるから、こっそりログインもできないし。まあ、テスト終わった後はオッケーって話だけど」

いつものメンツでお昼。いい天気の屋上も久しぶりで気持ちいい。

「で、美姫から聞いたんだけど、ノームを里に帰らせるかどうかで揉めてるんだって？」

「それな。あそこって、プレイヤーズギルドが二つ入ってるから、ちょっとややこしいんだよな」

ナットの話だと、南西部はラシャード伯爵って人が地道に進めてたそうで、それに協力するかたちで二つのプレイヤーズギルドが参加してるとのこと。

「どういうことなの？」

「片方が『昼下がりの華』っていう女性メンバーのギルドで、もう片方が『月夜の宴《うたげ》』っていう男性メンバーのギルドなんだよ。それが、ノームたちを保護すべきっていうのが華ギルドで、過保護はやりすぎってのが宴ギルドの方なんだよな」

華ギルドの方は昼〜夕方メイン、宴ギルドは夜〜深夜メインってことで、いまいち噛《か》み合《あ》わないままらしい。昨日、セスとベル部長から聞いた内容で間違いないな。

「お互い、別に喧嘩腰《けんかごし》ってわけじゃないんだろ？」

「ああ、どっちも多分いい大人みたいだから、妥協点を探りたい感じではあるな」

そういう話なら、ナットの顔の広さが役立ちそうなもんなんだけど……

「ナットが説得できないのか？」

「説得も何も、そもそもノームたちがどうしたいのかが、うまく聞き出せない感じなんだよ」

「それは困ったわね……」

まあ、本人たちがどうしたいかが第一ってのは、俺も賛成かな。

「ショウの島って、フェアリーたちが住んでるんだろ？　あの子らって普段どうしてんの？」

「基本自由？　危ない場所にはルピが護衛についてるからな」

ルピが優秀すぎて、俺が特に気を使わなくても上手くやってるっぽい。

スウィーっていう高位のフェアリーがいるから、ちゃんとまとまってる説もあるんだけど。

「ん」

「あ、うん。で、それって、ノームたちのリーダーとかいない？　で、いたら、いいんちょから話をしてもらうのがいいんじゃないかな？」

「え、私が？」

そう、いいんちょが。なんでかって言うと、

「多分だけど、精霊魔法を使える方が意思疎通できる気がするんだよ。俺も光と樹の精霊使えるし」

「マジか。ってか、いつの間に樹の精霊使えるようになったんだ？」

「スウィー……ってミオンが名前つけてくれたフェアリーのリーダーがいるんだけど、その子に樹の精霊石もらった」

そういう意味でも、その中でも偉いフェアリーの方が意思疎通しやすいんだろうなとは思う。

で、こっちもこっちで精霊魔法を使えた方がいいんじゃないかという……確信はないんだけど、そんな気がしてる。

「でも、私以外にも精霊魔法が使える人はいるんじゃ？」

「んー、どっちにもいるっちゃいるが、こういうのは第三者の方がってやつか？」

「だな。美姫にも話しておくし、『白銀の館』が中立な立場でノームの意思を聞いて、それを二つのギルドで叶《かな》えてあげればいいいんじゃね？」

「なるほどな！」

いいんちょが本当にノームと意思疎通できるかは賭けだけど、昔から小さい子の面倒見るのは得意だったし、大丈夫に違いない。

「はあ……。美姫ちゃんから正式に話がきたらやってみるけど、期待はしないでおいてね？」

「おう、やってみないとわかんないしな」

「美姫がいるから、ダメならダメでなんとかしてくれるって」

たまには俺から美姫に無茶振りしておこう。そもそも、昨日の夜に聞かれたんだし。

「ただし」

「「ただし？」」

「一時間だけよ。テスト期間中だもの」

「「うっす……」」


「ただいま」

「おお、兄上おかえり！　今日はずいぶん早いではないか！」

「テスト期間だってのー」

美姫もテスト期間のはずなんだが……言うだけ無駄だよな。

夕飯まで時間あるし、お茶でも淹れるか。

「ん？　お前、勉強してたの？」

「いや、これは勉強ではないぞ。ちょっとした調査結果をまとめておったのだ」

「調査結果？」

「うむ。兄上にはもう少しまとまってから伝えようと思っておったが、まあよかろう」

美姫が何を調査してたかというと、生産物の品質に関するアンケート的なものを、ギルドメンバーの力も借りてやってたらしい。

「で、どういう結果なんだ？」

「簡単に説明すると、技術だけを知っておるのと、加えて実践しておるのとでは品質に差があるということよの」

ん？　どういうことだ？

俺がいまいちピンときてないのを察したのか、美姫がフォローを入れてくれる。

「例えば『鍛冶スキルは武器を作れるが、その武器を使えた方が良い品ができる』と言えば、兄上も心当たりがあるのではないか？」

「あー……そんな気がする」

「ジンベエ殿の話では、各種生産に共通したスキルの重要度が高いのではという話だのう。そのあたりはまだサンプルが足らんが」

と俺を見る美姫。

「その可能性は高いな。俺の場合は単に自分でやってるだけだし、周りと比べようもないんだけど」

ん？　待て。俺が昨日習得した応用魔法学〈地〉とか土木スキルがあったら、もっと蔵造りとか楽になったんじゃ……

「どうした兄上？」

「あ、すまん。土木スキル取れたの伝え忘れてた」


夕飯を終えて食休みの間に、土木スキルをどうやって取ったかを説明。

応用魔法学〈地〉をスキルレベル5まで上げるっていう、なかなか面倒臭い前提条件。

「応用魔法学〈地〉をとったとしても、土木スキルをベル部長が欲しがるかどうかは微妙だよな」

「土木スキルを取る必要性もないしのう。それより、兄上のその蔵書には他の物はなかったのか？〈地〉とくれば、あとは〈水〉〈火〉〈風〉と思うのだが」

「また後で確認し直すけど、〈地〉だけだったと思う」

図鑑は植物と動物を読んで、他にも数種類あったはず。

魔術書は基礎魔法学と応用魔法学〈地〉は読んだけど、他にはなかったかな？

「ふーむ、応用魔法学とやらの本は、古代遺跡でなければ手に入らんのかもしれんのう」

「え？　魔術士ギルドとかに置いてないの？」

「ベル殿に聞いてみねばわからんが、置いてあるなら既に気づいておろう」

「ああ、そりゃそっか」

純魔ビルドなんだし、元素魔法関連の知識はできるだけ習得しようとしてるよな。

それでも見つかってないってことは……

「兄上のように、なんらか古代遺跡の中で発見するものということかもしれん」

「それって最初に見つけた人が有利すぎないか？」

俺が言うのかよって感じだが、この本の貸し出しだけで儲《もう》けるのも不可能じゃなくなるよな。

参加費もらって、勉強会的なものをするとかもありだし、ひと財産築けるんじゃないかっていう気がする。

「まあそうだが、その手の情報は独占するよりも、ほどほどに共有する方がよかろう。特に魔法という現実世界にないものは、より多くのプレイヤーで知恵を絞る方が発展も望めようというものよ」

「なるほど……」

「それに、共有を渋って独占しようものなら、他プレイヤーからのやっかみもきつかろうて」

そりゃ確かに嫌だな……

少なくとも、俺はそれをスルーできるような面の皮の厚さは持ってないし。

「さて、では我はＩＲＯに行くとするかの。兄上はテスト勉強か？」

「ああ。いや、ちょっとその前に昨日の件なんだけど」

ナットといいんちょに頼んだこと、ちゃんと伝えとかないと明日やばいし。俺が。

テスト勉強はミオンとバーチャル部室で。

部屋で一人でやってると、なんとなく動画でも見るかっていう誘惑に負けそうだし……

「休憩」

『はい』

ベル部長は不在。ＩＲＯやるとヤタ先生にバレるし、リアルで勉強してるはず？

そのヤタ先生は、俺たちがここで勉強してるのを確認したら「ほどほどにー」ってログアウトしてしまった。信用されてるってことかな？

「お、来た」

セスから来たメッセを開いて、限定ライブへの招待を受けると、画面が俺の前に展開される。

「見える？」

『はい、大丈夫です』

「セス？」

『うむ、繋がったようだの』

どういう顛末《てんまつ》になるかぐらいは知っておきたいので、セスを通して様子を見ることに。

なお、ナットといいんちょには内緒。

「始まりそう？」

『もうすぐといった……お、始まるようだの。我は立会人ということで、見ておるだけだが、兄上から何かあったら遠慮なく頼む』

「りょ」

俺がどうこう言わなくても、ナットといいんちょでどうにか上手くやってくれると思うけど。

時間はちょうど九時になり、『昼下がりの華』と『月夜の宴』の代表者、あとナットといいんちょがやってくる。

なんか、思ってた以上に和気藹々とした感じでホッとする。

『じゃ、頼むわ』

『ええ、うまくいくかどうかわからないけど……』

いいんちょを先頭に、ナットが続き、その後ろを二人の代表が。最後をセスが歩いていく。その先にあるのは、ノームたちのために用意された家かな。

『ごめんなさい。ちょっと良いかしら？』

『グ～？』

玄関先で遊んでるノームに、しゃがんで目線を合わせて問いかけるいいんちょ。姿形はエルフだけど、リアルのいいんちょがよくやるやつだ。

そのノームにリーダーを聞いて、話がしたい旨を伝えると、問いかけられたノームがてけてけと走っていく。

『通じたんでしょうか？』

「やっぱ精霊魔法なのかなあ」

しばらく待っていると、さっきのノームよりちょっとだけ背の高いノームがやってきて……

『グ～♪』

『あ、えっと、よくわからないけど、ありがとう』

なんだかいいんちょと握手してるな。手ちっさ。

『それでね。あなたたちの里がもう安全か調べてもらったんだけど、モンスターに壊されちゃってたの……』

『グ～……』

それを聞いてしょぼーんとするリーダーノーム。

それを見て、いいんちょが彼の手を握って続ける。

『私たちで力になれることはするから、あなたたちがどうしたいか教えてくれる？』

『グッ！』

それを聞いたノームがぱっと顔を上げ、手を振りながら何かを訴えてる感じ……

『え、えっと……何か欲しいのかしら』

「振りからしてツルハシ？」

『お二人、どちらかツルハシを持っておらんか？』

セスの問いかけに、代表の二人が小ぶりのツルハシを取り出す。

俺が鉱石を掘るのに作ったやつに似てるな。

『グ～!!』

『おおお？』

二人がツルハシを渡すと、リーダーノームが声をあげ、それに応じるように、大勢のノームが家から飛び出してくる。ってか、三〇人以上いるんだけど？

『『グ〜!!』』

『お、おい！　どこ行くんだよ!?』

ノームたちが一斉に走り出し、それを慌てて追いかけるナットたち。

『どうしたんでしょうか？』

「これ、街の外に新しいノームの里をつくるとかそういうんじゃない？」

うちのフェアリーもあの樹のあたりに勝手に住処をつくってる気がするんだよな。後で確認に行かないとかも……。

『ナット殿、ありったけのツルハシを集めた方が良い。彼らは新たに里をつくる気かもしれん』

『それか！　おーい、すまんが頼まれてくれ！』

ナットが通りすがりの知り合いにツルハシを頼みながらノームたちを追いかける。

まあ、ノームって小さいから人間なら余裕で追いつけるスピードだしなあ。勢いはすごいけど。

しばらくして街の門から外へ出たノームたちが、突き当たった崖の前に到着すると、

『ググ？』

『え、ええ、好きにして良いわよ』

『『グ〜！』』

いいんちょの言葉を聞いて……うわ、すご……

『すごいペースで掘ってますね……』

「さすが土の妖精ってことなのかな。しかも精霊魔法使ってる？」

掘った穴の天井に何か魔法がかかってるっぽい。崩落しないように強度を上げてるとかそういうやつ？

『どうやらここに新しいノームの里をつくるみたいだけど、それぞれのギルドでもサポートしてもらえないか？』

お、さすがナット。うまくまとめに入った。

代表の二人も喜んでるみたいだし、これで解決って感じかな？

12　金曜日　気まぐれ女王様

「ふう、終わった」

「どうだった？」

前の席のナットが振り向いて聞いてくるが、高一最初の中間テストで大失敗は難しいと思う。

「普通だろ」

「ま、そうだよな」

ナットも意外と真面目にテスト勉強してたらしい。

「これでやっと心置きなくＩＲＯできるな」

「それな。ってか、ルピとあんまり遊べないのが、あんなに辛いと思わなかった……」

一日一時間だと、ルピにご飯あげて、あの盆地をなんとなく散歩。

残りの時間は読書メインであっという間にタイムリミットっていう……

「はいー。みなさんお疲れ様でしたー」

ヤタ……熊野先生が入ってきてホームルームが始まる。

昨日と今日はお昼で終わり。そして、ヤタ先生の『ゲームは一日一時間』からも解放されるので、午後からはもう後顧の憂いなく遊べる。

ライブや動画投稿なんかの部活再開は、週明けに返ってきたテストに赤点がなければという条件だけど……手応え的には問題ないはず。

特に連絡事項もなく、部活はまだダメですよ的な話だけで終了。

さて、帰って昼飯なんだけど、美姫は一日まるごとテストなはずだから俺一人なんだよな。適当に手抜きな昼にしてＩＲＯに……

「ショウ、帰りどっかで飯食って帰らね？」

「え、ああ、そっちの方が楽か。でも、お前、自転車で来てるんじゃないの？」

「今日は電車で帰って、月曜に電車で登校してチャリで帰れば良いしな。それより昼飯作るの面倒なんだよ」

ああ、うん、まあな。

こいつのことだから、昨日もカップラーメンか何かで済ませたんだろう。せめて野菜炒《いた》めでも作ってのせりゃいいものを。

「ん……」

「二人で何か悪だくみでも？」

「昼飯どっかで食おうぜって話してただけだっての」

ナットといいんちょがやり合ってるが放置。

まあ『学校帰りに買い食いはダメ』みたいな石器時代な校則もないので、別に怒られることでもないけど。

「ミオンはお昼どうする？」

「いっしょ……」

じゃあまあ、ファミレスかな。久しぶりな気がして、ちょっとテンション上がる。

そういや、ミオンってお嬢様だし、ファミレスは初めてだったりとかしないよな？

「はいはい。奥へ詰めて」

「おう」

駅にほど近いファミレス。平日昼時ということもあって、会社員でまあまあ混雑してるんだけど、ちょっと待つだけでうまくボックス席が取れた。

俺とナットは窓側へと追いやられ、ナットの隣にいいんちょ、俺の隣にミオンという並び。

「注文はこれでね」

「ん」

特に不思議がることもなく、注文用の端末でメニューを見るミオン。ファミレス未経験ということもなさそうかな。

「じゃあ、俺はこのビーフハンバーグセットで。あとはドリンクバーだな」

「早いわねえ……」

向かい側では早々に選んだナットが端末をいいんちょにパスしている。

まあ、ナットは昔から「こういうところなら肉食うだろ」って感じで悩まないしな。

「？」

「俺？　うーん……」

なんか、家で作れそうなものを頼みたくないんで、ついつい考え込んじゃうんだよな。

「あ、これにしよ。ハッシュドビーフオムライス」

これは家ではそうそう作らないと思う。美姫が食べたいとか言い出さない限りは。

「ん。私も……」

「そう？　まあ、これはハズレとかなさそうだしいいか」

なので、数量を二に変更。ドリンクバーも二にして注文ボタンを押す。

そうこうしてる間に、いいんちょも注文を終えたらしい。

「ちょっと行ってくるわね。出雲さんもお願い」

「ん」

二人が席を立って、ドリンクバーの方へと向かうのを見送る。

「そういや、例のノームの件ってあの後どうなった？」

「ああ、あれはうまくいってるぜ。お互いのギルドの活動時間がずれてるのも、ちょうど良かった感じだな」

火曜に聞いた話だとノームの里……っていうか洞穴だけど、あっという間にできた上で、その出口のあたりにキノコを栽培し始めたらしい。

彼らの主食は野菜やらキノコがメインだそうで肉は食べず。でも、卵や乳製品は大丈夫だし、クッキーは大好物になったとのこと。

「ワールドクエストが終わった後は、モンスター出たりはしてないのか？」

「出てねえな。まあ、街からそこそこ離れた森とか山とか行けばいるし、注意はしてるけどな」

「そりゃそうか」

帝国と公国の停戦が成立して、難民だった人たちの一部は帰ったらしい。

それでも、王国に残った人たちもそれなりにいるんだとか。

「へえ、生まれ育った土地に帰らないって人もいるんだ」

「まあな。そういう人たちは小作人で苦労してたみたいだぜ……」

そう言って渋い顔をするナット。年貢がアホみたいにキツい領主もいるらしく、内戦が始まったのを契機に逃げ出してきたって話も……

「はい。柏原くんはコーラよね？」

「おう、サンキュ」

「ん……」

「ありがと」

ナットはコーラ、俺はコーヒー、いいんちょは紅茶かな、ミオンはカフェラテ？　見事にバラバラだな。

「で、なんの話をしてたの？」

「ノームたちの話」

「あの後、うまくいってるのよね？」

いいんちょ、あの後、すぐに勉強するって落ちてたもんな。

テスト期間中は、あれ以降ログインしてなかったそうだし。

「ノームの里の外側に、木の柵もきっちり作ってたし大丈夫だろ。なんかクッキーとキノコ交換してたりするみたいだしな」

「キノコってチャガタケ？　サブマロ？」

「チャガタケとかサブマロとか言われてもわかんねーよ。なんかマッシュルームみたいなやつで、それ入ったシチューはめっちゃうまかったけどな」

と笑うナット。

むむむ、マッシュルームみたいなのってことは違うんだろうな。

スウィーやフェアリーたちに聞いてみるか……

「一応、月曜まではテスト期間だと思うんだけど？」

「いいんちょ、真面目すぎだって」

俺もそう思うが何も言わない。なんでかっていうと、

「柏原くん。テスト前の水曜日、一時間以上ゲームしてたわよね？」

「え？　いや、あれは気分転換に入ったら、ちょっと相談されてっていう……」

こうなるからな。だから、ナット！　助けて欲しそうにこっちを見るな！

『お待たせしました』

助け舟というわけでもないと思うけど、配膳ロボットが料理を運んできてくれた。

いいんちょもしょうがないという感じで追及はそこまで。ミオンと二人で料理を取ってまわして

くれる。

「揃ってるわよね？」

「おう」

「大丈夫」

ミオンもうんうんと頷いてるので問題なし。というわけで、いただきます。


「そういや、ショウ。親父がこの前のこと助かったって言ってたぞ」

全員食べ終わって一息ついてるところで、ナットが急にそんな話を振ってくる。

「は？　この前のことって……。ああ、あれか。スーパーで会ったことか」

「おう。珍しくまともに買い物できてたから、即行で何かあったんだろうってバレてたな」

と笑うナット。

「いや、何を買うかのメモは持ってたじゃん」

とは言うものの、カレー粉の代わりにカレールーを買おうとしたりしてたからなあ、おじさん。

まあ、カレールーでも作れるけどさ。

「どういうこと？」

「ん？　先週だったか。俺の親父がショウに助けられたんだよ」

間違ってないけど端折《はしょ》りすぎだろ。それだけだと話が見えてこないと、ミオンといいんちょから
の視線が刺さるので、何があったかをもう少し詳しく説明。

「ああ、そういうこと」

と呆れ気味のいいんちょ。なんだけど、ミオンが俺の方を不思議そうに……

「ん？　ああ、ナットのところとは小さい頃から家族ぐるみの付き合いだから」

「俺の妹と美姫ちゃんも同級生だしな」

そもそも俺の親父とナットの親父が親友で、付き合いもかなり長いからみたいな説明を。うちのちょっと特殊な家庭事情みたいなのは……省略で。

で、それを聞いたミオンが微妙な表情になるんだけど、どうしたものやら……

「……そういえば思い出したことがあるのだけど」

そこまで言ってナットを見、ふっと笑ういいんちょ。

「出雲さん、伊勢くんと柏原くんの面白い話、聞きたい？」

その問いかけに、うんうんと頷くミオン。ナットと顔を見合わせるんだけど、面白い話って言われても、思い当たる節がありすぎなんだよな。

「あれは中学二年の五月ぐらいの話だったかしらね。ドラマか何かの影響だったと思うんだけど、『無人島に一つだけ持っていくなら何がいい？』って話が流行《はや》ったのよ」

それを聞いて、頭を抱えるナット。俺も当然思い当たったんだけど……あの話だよなあ。

「ちなみに俺は普通に『サバイバルナイフ』って答えたからね」

「ん」

それはまあ、ありきたりな答えってことでさらっと流されたんだけど……

「柏原君がなんて答えたかわかる？」

ふるふると首を横に振るミオン。

「柏原君の答えが……『ショウ』つまり、伊勢君だったのよ」

「ぁ！」

いやいや、そんな「なるほど！」みたいな顔をされても困るんだけど？

「あれはマジですまん……」

「いや、別に俺は怒ってないけど」

「一部の女子がしばらくの間、柏原君と伊勢君が話してるだけでキャーキャー言ってたわよ？」

まあ、そういう趣味の女子もいるよなってことで……


帰宅すると午後二時前。五時ぐらいまで遊んでから夕飯の支度かな。

「ん～！　久しぶりにがっつり体動かそうかな！」

『ルピちゃんとぐるっとお散歩してくるのはどうですか？』

「ワフッ！」

テスト期間中の『ゲームは一日一時間』の間の本読みで、動物学、植物学のスキルが5になった。そのおかげなのか、鑑定スキルのレベルが7まで上昇。元になる知識が増えたことで上がったってことかな？

調子に乗って、新しくアンコモンの鉱物学スキルを取得して、これも5まで上げた。残りSPが

7とちょっと心許《こころもと》ない感じ……

でも、土木スキルを効率よく上げるには必須だとも思うんだよな。

あと上がったのは調薬スキル。パプの実のアンチパラライズポーションや、レクソンの葉の解毒剤なんかも作ってレベル上げ。

なお、コプティと仙人笹のブレンドは失敗中……

ぼちぼち『解錠コード』の扉を開けるつもりだし、そろそろレベルを上げてBPをキープしておきたいところだけど。

「『～～～♪』」

「お、なんか久しぶり？」

いや、テスト期間中も顔は合わせてたかな？　ルピと散歩してた時に出会ってたし。

「～～～♪」

スウィーがやってきて、俺の左肩へと座る。

「そういえばさ、ノームが美味しいキノコを育ててくれるって話を聞いたんだけど、フェアリーにはそういうのないの？」

そう聞いてみると、プイッと顔を背けた。

『ダメみたいですね』

「ま、種族違うからしょうがないか」

『ショウ君、スウィーちゃんを鑑定したことないんじゃないですか？』

「あ、ないかも」

鑑定って相手が嫌がったりしないかな？　いや、別にステータスを覗いたりするわけじゃないから大丈夫だよな。っと……


【フェアリー（女王）：スウィー：友好】

『妖精フェアリーの女王。

気まぐれなフェアリーたちを束ねる女王だが、人一倍気まぐれでもある』

「『えっ？』」

フェアリーの女王？　俺の肩に座ってるこの子が？

「……スウィーって、フェアリーの女王なの？」

「～～～♪」

そのとおりとばかりに胸を張ってふんぞり返る。まわりにいるフェアリーたちも、わーっと拍手して讃《たた》えるところを見るに……本当なんだろうなあ。

実際、仲間のフェアリーたちのピンチを救うため、俺やルピに助けを求めた。

普段は名前通り甘いものにしか興味がないぐーたらフェアリーだけど、一般的なフェアリーのイメージにはない賢さ、そして責任感の強さを持ち合わせている……気がする。

「では、女王様。ちょっと散歩に行こうと思いますが、よろしいでしょうか？」

「〜〜〜♪」

両腕を組んで、うむうむと頷く。

『ショウ君。スウィーちゃんを甘やかしすぎるのもダメですよ？』

「あ、はい」

なかなか加減が難しいな。いや、別に今まで通りでいいのかな……


「ワフッ！」

外の明かりが見えてきたところで走り出すルピ。

こっちの出たところにある草原がセーフゾーンなのは変わらずなので、特にやばいモンスターも湧いてないかな？

「「〜〜〜♪」」

スウィーとフェアリーたちは草原に出たところで、色とりどりに咲いている花の周りへと飛んでいった。そういうところは実にフェアリーっぽい。

「うーん、スウィーが女王かあ……」

『神樹の洞に妖精の道を作れるのは、高位の妖精さんだけと書かれてましたね』

「ああ、それもあったっけ。まあ、気にしたら負けか……」

とりあえずはポーションの材料、コプティや仙人笹をせっせと採集。

「ワフッ」

「お、ルディッシュ。ありがとな、ルピ」

テスト期間の間は採集もほとんどしてないし、食材も揃えていかないとだよな。


「フギャアッ！」

「ふう……」

久しぶりのまともな戦闘はランジボアが相手。

突進してきたところを石壁で止めて、手斧でバッサリで倒せたんだけど、

「……小盾作ろうと思って忘れてた」

『そうですね。今日の夜に作ってみたらどうですか？　あの扉の向こうに行くにしても、もう少し準備した方がいい気がします』

「確かに。小盾と斧も……この手斧、枝を払ったりするのはいいんだけど、戦闘には使いづらいんだよな」

なんだろう。こう、斧で受けるってあんまりやらないよな？

剣とか刀だったら、刃の部分で受け流す的な動作があるけど、斧はなあ。

『別の武器を作ってみるとかどうですか？』

「別の武器か。ミオンは何が良いと思う？」

『斧よりは剣の方がかっこいいかなって。あ、今でもかっこいいですからね!?』

あ、うん。でも、俺もこれで小盾持ったらドワーフとかバイキングっぽい。

どっちもかっこいいけど、ちょっと今の俺じゃ横幅が足りないし……

「でも、剣も長いやつはちょっと違う気がするんだよな」

『そうなんですか？』

「なんか西洋の剣って切るよりは叩いて砕くみたいな感じっぽいよ」

ナットが持ってる両手剣とか、あれで枝打ちとかはできないだろうし。となると……

「鉈《なた》って短剣扱いでいいのかな？」

『なた？』

「あ、うん、ごめん。えっと……」

なんとも説明しづらくてどうしようと思ってたら、

『あ、これですか。すごく物騒な感じですね。……あの、ホラー映画が出てきたんですけど』

「あー、画像検索したんだ。ホラー映画のやつは西洋の鉈だから。日本の鉈はなんかこう……でっかい菜切り包丁みたいなやつ」

『なるほど、こっちですね。これもすごく物騒な気がします……』

物騒じゃない刃物って？　って気もするけど、鉈が危ない刃物なのは間違いない。

「長さ的には短剣な気がするんだよな」

『でも、これだと突いたり、投げたりは今のナイフと違いますね』

「ああ、そっか。じゃ、剣鉈の方がいいのかな」

剣鉈は文化包丁って感じだけど、たしか鍔《つば》があったような気がする。

『けんなた……、これは短剣に見えます。ちょっと調べてきてもいいですか？』

「あ、うん、お願い」

てか、剣スキルと短剣スキルの違いってなんなんだろ。

長さかな？　ナットの大剣って剣スキルじゃなくて大剣スキル？　剣スキルから派生して大剣、細剣みたいなのもありそうだしな。

「ワフワフ」

ん？　ルピが何か見つけたのか、ここほれワンワンを……おおお、これは！


【仙人筍《たけのこ》】

『仙人竹の筍。

料理：小さいものはえぐみも少なく美味』

これは嬉しい！　炒め物に入れてもいいし、煮物もいいなあ。

ともかく、スコップで周りを掘ってから採集が正解だよな。

『ショウ君、わかりました。片手で効果的に投げられるものが短剣に属するのではという話でした』

「ああ、なるほど！　じゃ、剣鉈も多分短剣かな。ナイフ投げはできると思う」

ダガーよりもＳＴＲは必要になるだろうけど、そこはもう上げてあるから大丈夫のはず。

……剣鉈投げると武器なくなるから、最悪の時だけだろうけど。

「よっと、これ！」

『え？　たけのこですか？』

「そそ。炒め物とか美味しいと思うよ」

『うう、ずるいです……』

メンマとか作れるといいんだけど、あれも醬油が必要だった記憶。

やっぱり、真面目に醬油作りを考えないとダメかな……


「ただいま」

「ワフン」

あれやこれや採集したし、ランジボアも仕留めて肉やら皮やらゲットしたし、鍛冶場も採掘場も変わりないのを確認してほっと一息。

ルピも久々のお散歩にロフトベッドの下の寝床へと。そしてもう一人……

「～～～Ｚｚｚ」

ルピのお腹を枕にして大の字のスウィー。

別にいいんだけど、本格的にここに住むつもりなら、つるかごでも編んであげた方がいいのかな。

「食材はこれでしばらくは大丈夫かな。海の幸もまた取りに行きたいけど、剣鉈と小盾を作る方が先だよな」

『短剣スキルなら、今の斧よりもずっといい物ができそうですね』

「だといいなあ。あの扉の向こうって、確実に次のエリアだよね」

『そう思います』

となると、今いる場所よりも強いモンスターが出てくるはず。

問題はどんなモンスターが出てくるかだけど……

「今って三時過ぎぐらいだよね。あと、やらなきゃいけないことってなんだっけ……」

『土間からの排水の話が途中でしたし、応用魔法学〈地〉と土木スキルが気になります』

「あ、それだ」

ゲームは一日一時間だったせいで、結局、側溝作りは後回しにしてたんだった。

せっかくそれ向きの魔法を習得したし、さっそく試さないと。

今のところ、野菜くずとか魚のわたとかは、別に穴を掘って捨てている。

あれ？　今まで普通に捌いてたけど、あれって解体すれば良かったっていう……いやいや、そうすると頭とか骨とか消えちゃうからもったいないない。

「コンポストとか作った方がいいのかな？」

『はい？』

「あ、いや、生ゴミを処理して肥料にするのって、ありなのかなとか」

『？』

ミオンがよくわかってないっぽいけど、俺もバッチリ知ってるわけでもないからなあ。

ばあちゃんがやってたのを知ってたぐらいで、うまくいくかどうか微妙……

「ああ、そうか。聞けばいいんだ」

『えっと、どなたにですか？』

「確か『白銀の館』に農業と園芸が得意な……ディ？」

『ディマリアさんですね』

ああ、その人だ。

「リアルでも詳しいんじゃないかなって。ゲーム内で肥料が使えるようになれば、農作物ももっと良くなるかもだし」

『すごいです！　部長に知らせないとですね！』

いや、なんかもうやってる気がするから、どういう感じなのか聞きたいだけなんだけど……

肩の力を抜いて、深呼吸を一つ。

初めて使う魔法はどれくらいＭＰ消費するかわからないのがなあ。

ＩＲＯ、変なところにこだわりあるよな。

「じゃ、やってみるか」

『はい』

「掘削《くっさく》」

側溝予定の場所に『これくらい』って感じのイメージで新たな魔法、掘削の魔法をかけると……

「おお、すごっ！」

『すごいです！』

そのサイズに地面が掘削され、取り除かれた土が周りに積まれた。

消費MPは石壁と同じぐらいかな？　多分、俺の体と同じ体積分を掘削して一〇〇ちょいは持っていかれる気がする。

「これ、土間の柱を立てる前に知ってれば……」

基礎埋めるための穴掘り、めっちゃ楽だった気がするな。

『ショウ君、これって石や岩にもできるんですか？』

「一応、そう書いてはあったけど、硬いほどMP消費するっぽい。あと、鉄とか金属とかにやると危ないらしいよ。MP枯渇するかもって」

『それって……中に金属が埋まってたら怖いですね』

「あ、そうかも……」

やってることは『土を削ってほぐして外に出す』なんだろうけど、削ったりほぐしたりのところに金属が入ってるとまずいとか？　まあ、しっかり調査してからやれってことなのかな。

『気をつけてくださいね？』

「うん、まあMP回復の時間も必要だし、ある程度掘削して、出てきた土を避けて、また掘削してみたいな感じで進めるよ」

まずは外に出た土を避ける。これ、後で家庭菜園に使うか。

で、続きの掘削の前にもう一つ試しておかないと。

「ふう……。転圧《てんあつ》」

その魔法とともに、足元にズシという感じの重低音が響く。

『え？』

「ぱっと見だとわかんないかも。えーっとね」

しゃがみこんで掘った溝に顔を寄せる。で、その側面を軽く叩いてみると……

「すげー、想像以上にカチコチで岩みたいになってる。機械よりもすごいんじゃないか、これ」

『ショウ君、どういうことですか？』

「ごめんごめん。削った後の土とかって、そのままだと崩れやすいんだけど、叩いて空気を抜いて密着させると固くなるんだよ。それを更にすごくした感じかな」

これもまあ土木スキル的には基本的なことなのかな？

本当はもっと科学的な根拠があって成立してるはずで、土の粒子と水分量がいい感じでないとダメだったはず。

『なるほどです。この前、ノームさんたちがやってた精霊魔法も同じでしょうか？』

「ああ、あれか！　確かにそうかも。っていうか、ツルハシで掘るのが異様に速いのも、精霊魔法で掘削と同じ効果が出てたのか？」

『小さいのにすごかったですもんね』

うーむ、精霊魔法侮り難し。それでいて消費ＭＰも少ないんだもんなあ。

「まあ、土の精霊石もいつかは探さないとだよな。……もう見つかってたりする？」

『土の精霊石はノームさんからもらえることがあるそうですよ』

「あー、うん、まあ、そうだよな。っていうか、いいんちょはもらえそうな気がする」

この島にもノーム……探せばどこかにいないかな？

あ、でも、クッキー作る材料がない……

『あと風の精霊さんは条件が全くわからないままで、火の精霊さんについては存在するかどうかもわからない感じですね』

「さんきゅ」

火の精霊っていうとサラマンダーだけど、ＩＲＯなら妖精になるのかな。人型なのかトカゲなのか気になるところ。

この島って火山島だし、火口付近に行けばいたりするかな？　ちょっと怖いけど……

「じゃ、時間まで側溝作るよ」

『はい』

『ショウ君、もうすぐ五時です』

「おっと、ありがと。もうちょいだけど、しょうがないか」

土間の調理台から続く側溝は、山肌に沿って泉の手前ぐらいまで到達。

土木スキルが早々に3になり、元素魔法スキルは7に上昇。

ここらで一メートル四方の浄化槽をってところだけど、タイムアップか。

『続きは夜ですね』

「うん。あとは浄化槽と泉へ繋ぐとこだけだし、一時間もあれば終わると思う。住んでるのが俺だけだし、汚水っていうほどのものも出ないと思うけど」

料理した時のあれこれや、皮のなめし処理をした後のパプの果汁ぐらい？　そもそもトイレの必要性がないからなあ……

プラスチック製品とか合成洗剤とかもないし、まあ、気分的な問題かな。あの泉、綺麗だったし。

「ワフッ！」

「お、ルピ。スウィーを送ってきたの？」

「ワフン」

ドヤ顔を思わず撫で回すと、嬉しそうに尻尾を振る。

そういや、ルピのポーチももうちょっと可愛いものにしてあげたほうがいいかな……

◇◇◇

今日の夕飯は鰹《かつお》のたたき。

帰りにちょっとスーパーに寄ったら、いい感じの初鰹《はつがつお》があったので思わず。

明日は休みなので、ニンニクスライスも挟みつつ、ポン酢でさっぱりと。

「ほうほう、掘削に転圧とな。実に土木向きの魔法だが、それ以外の攻撃魔法の類はないのか？」

「あるぞ。地面から突き出す土槍に、足を拘束する石鎖……は妨害系か。あと、ちょっと洒落にならんのが一つ」

ガツンとくるニンニクを、ネギ、みょうが、青じそが和らげつつ、初鰹のあっさりとした旨味。ご飯が進む。

「どういうものなのだ？」

「落石」

「……まさかメテオか？」

「それは隕石《いんせき》だろ。単純に相手の頭上に石を出して自然落下させるだけだよ」

もちろん、ＭＰ消費を多くすれば、その分大きな石というか岩が落とせるやばいやつ。

さすがに試すのは躊躇《ためら》われるのでやってないけど。

「ふーむ、それなら石壁の応用でできそうなものだがのう」

そう言いつつ、ガッツリと二切れに薬味をたんまり乗せる美姫。

俺も最初はそう思ったんだけど、実はからくりがある。

「実は石壁や土壁には安全装置が入ってるんだよ。あまり遠くに出せない。真下に自分がいると出せない。下に空間がありすぎると出せない。この三つかな」

「ほほう！」

応用魔法学〈地〉の本によると、落石の魔法はそのうちの『真下に自分がいると出せない』って安全装置だけ残してあるらしい。

「面白いのう。魔法に安全装置が組み込まれておるとは」

「想像なんだけど、火球なんかも自分の近くで爆発しないようにとかなってるんじゃないのか？」

「確かにの。味方がたまたま魔術士の前を横切って、フレンドリーファイヤーからの味方全滅は洒落にならん。いや、それを狙った悪質行為もあるやもしれんしのう……」

わざと射線に入って攻撃喰《く》らってからのＰＫか。

ＩＲＯはそのへんの判定とかどうなってるんだろうな。

「掘削にしても、相手が踏み出す足元にかけるだけで結構危ないしな。盛る方と違って、確実に転ぶだろうし」

「いや、それよりも城壁や街壁に穴を開けてしまえるのではないか？」

「あー……。なんとなく、魔術士ギルドとかに置いてない理由がわかってきたな」

「そうよのう」

こんなの一般に流通してたら、魔術士がやばくなりすぎる。

俺の場合、これに気配遮断ＭＡＸが加わるし……いやいや、そもそも島から出るつもりはないから関係なし！


「ふう。こんなもんかな？」

『お疲れ様です。水は張らないんですか？』

「今のところはね。雨降れば溜まるだろうし」

『なるほどです』

作った浄化槽は一メートル四方、深さも一メートルほど。

敷居《しきい》がわりの石壁で三層に区切られていて、上澄みだけが次の層へっていう簡単な仕組み。

三層目から溢れた排水は、砂利が敷き詰められた側溝を五メートルほど通って泉へ流れ込むかたちだけど、どれくらい綺麗になるかは使ってみないとなんとも。

まあ、雰囲気というか気持ち的なものってことで……

「ワフ」

「～～～♪」

ルピにスウィー、フェアリーたちが連れ立って現れる。

植え替えたグリーンベリーの木はまだ若木で、実が採れるのはもうしばらく先だろうし、

「グリーンベリー取りに行くの？」

「ワフン」

「ちょっと待って。途中まで俺もついてくから」

残りの時間は鍛冶。剣鉈と小盾を作るつもり。その前に採掘もやっておかないと。

残ってるタスクって、家庭菜園ぐらい？　まあ、この二つは部活再開してからでもいいかな……

「なんか採掘するの久しぶりかも」

『鍛冶もリフォームの準備以来ですよ』

「ああ、そっか。一週間、いや二週間以上前か」

あの時に釘やら金具やらいろいろ作って、鉄インゴットはほぼ使いきっちゃったんだよな。

今日はガッツリ採掘して、またいつでも鍛冶できるぐらいにインゴット溜めとかないと……

「ん？」

『どうしました？』

「いや、ちょっと思いついたっていうか……〈掘削〉」

『あっ！』

採掘ポイントに掘削の魔法をかけてみると、あっさり飛び出す鉄鉱石。

『ショウ君、ＭＰは大丈夫ですか？』

「あ、うん。ちょっと多いかな。ちょっとっていうか三倍ぐらいか。でも、これ、いい練習になるかも。マントのおかげでＭＰ回復が早いし」

鉄鉱石が粉砕されずに出てきたのは採掘ポイントだから？　これ、鉄板とか鉄筋が埋まってたら、もっとＭＰ持ってかれる可能性あるな。

『良かったです。でも、採掘スキルのレベルは上がるんでしょうか？』

「あー……」

元素魔法と土木のレベルは上がりそうだけど、採掘は上がらない気もする。

普通にツルハシでやる方がいいか。あ、いや、待て。

「あの上の方の届かない場所って、これで掘れる？」

『あ、そうですね！　でも、落ちてくる石に注意してくださいね？』

「りょ。せっかくだし、ちょっと試してみるか……〈掘削〉」

魔法を遠くで発動するのが結構難しいけど、なんとか当たったみたいで、拳大の石が落ちてきた。

「おお、いい感じ。……は？」


【魔銀《ミスリル》鉱石】

『魔銀の原材料となる石。希少度は銀以上、金以下。

鍛冶：鉱炉にてインゴットにしたのち、魔銀製品に加工が可能』

『すごいです！』

「……魔銀って一般に出回ってたっけ？」

『見てきますね！』

「あ、うん」

これ、またベル部長に「やらかし」言われるパターンなんじゃや。

でも、採れたからにはこれで何か作りたい……

『プレイヤーズギルドのギルドカードが魔銀だそうですけど、国が管理していて、一般プレイヤーは持ってないそうです』

「やっぱそうだよなー」

ここは魔銀で剣鉈と小盾とか作るべき？

でも、作るならもうちょっとスキルが上がってから……。せめて5レベル以上になってからの方がいいよな。

『どうしますか？』

「ちょっと考える。まずは集めた分をインゴットにかな。どっちにしても加工しないとだから」

『はい』


「うわっ、めっちゃＭＰ消費した……」

魔銀鉱石を目一杯放り込んで古代魔導炉を起動したら、ＭＰを八割ぐらい持っていかれてびっくりする。これ、キャラレベ上げてなかったらスタンしてた気がするんだけど。

『大丈夫ですか!?』

「うん、なんとか。しばらくすれば回復するし」

掘削の魔法でＭＰを消費したら、回復の間はツルハシが届く場所を掘るってパターンを確立。なんだけど、結果として一度に運べる以上の量になってしまった。

『ショウ君、その前に精錬時間を確認した方が』

「え？　あ、そうか！」

魔銀鉱石も一五分って思ってたけど、ＭＰ消費量が違ったんだし、かかる時間も変わってる可能性が大。

【古代魔導炉：作動中：完了まで30分】

「あー……。倍で済んで良かったって思うべき？」

『ですね。今のうちに鉄鉱石もたくさん集めていいんじゃないですか？　鉱石のまま置いてあってもいいですし』

「ああ、そだね。スペースはあるし、隅っこにでも山にしとくかな」

こういう時のために、木箱を作ろうと思ってたんだった。微妙に時間が空いた時にちまちまと作ることにしよう。

そういえば、山小屋の古い壁板とか特に悪くないやつがあったから、燃やすんじゃなくて再利用がいいか。まあ、戻ってからかな。

「よし、精錬の間に、残ってる鉄鉱石を取ってくるよ」

『はい』

【古代魔導炉：精錬完了】

「よしよし。できたっぽい」

火床用の耐熱手袋をはめて炉の扉を開ける。

出来上がったインゴットは五本。ってことは、魔銀鉱石一〇個でインゴット一本なのか……

『できるインゴットの本数も違うんですね』

「魔銀の希少度が高いのもわかるよ。そりゃ、国で管理されるよな……」

採掘場に置きっぱだった鉄鉱石を取りに行ったんだけど、魔銀鉱石の採掘ポイントは消えたまま。ひょっとしたら二度と復活しないかも？　だとすると、この五本をどう使うかは、かなり重要な選択になる。

『剣と盾を両方作るには足りなさそうですね』

「ぎりぎり足りないぐらいだし、ミスったらアウトなのがね。魔銀の採掘ポイントが復活するまで、うかつに使えないな」

失敗したら鋳潰《いつぶ》してやり直しでもいいんだろうけど、やっぱり目減りするだろうし。

『まずは鉄で作ります？』

「そうするよ。魔銀使うのはやっぱりスキル上げてからで」

まずは鉄で作って使ってみて、鍛冶、短剣、盾と関連スキルもあげてからだよな。

じゃ、さっそく……って、そろそろいい時間な気がする。

「今って何時ぐらい？」

『もうすぐ一〇時半になりますね』

「微妙な時間……」

今から熱中すると軽く一時間コースな気がする。

明日は土曜で、昼はミオンが習い事で不在。その間に作るのもどうかなって気がするし。

『明日にしますか？』

「かな。とりあえず鉄鉱石を鉄インゴットにして終わりでいいか。明日、昼のうちは他にやることやっとくよ」

『はい！』

他にやることって何があったっけ？

なんかたくさんあるなとは思うけど、どれから手をつけるべきかは悩むんだよな……

【幻想邂逅編】メインストーリー考察スレッド【ワールドクエスト】


【一般的な考察者】

ワールドクエストが終わって随分経ちました。

みなさんいかがお過ごしでしょうか？


【一般的な考察者】

結局、新たに街をつくらせて、それを防衛させるっていうイベントだったのかね？


【一般的な考察者】

連休中のイベントとしては楽しめたけど、肝心の帝国内戦からの分裂、そして停戦って流れは意味わからん。


【一般的な考察者】

運営は何がしたかったんだ？


【一般的な考察者】

今回は「このゲームにはメインストーリーがあるよ」っていうのを言いたかっただけだと思うな。

傭兵部隊にしても、あまりハードな戦闘はなかったって話だし、雰囲気を伝えたかった的な？


【一般的な考察者】

帝国分裂ネタはいったん落ち着かせて、このまま半年か一年ぐらいは引っ張るんじゃないの？

新規ユーザーに乗り遅れるなよっていうアピール程度でいいんじゃないかと。


【一般的な考察者】

始まってまだ一ヵ月ちょい。そこでいきなり国家滅亡とかないだろ。

【一般的な考察者】

あ、うん、まあ……（旧聖国の方を見ながら）

【一般的な考察者】

聖国は運営も予想外だったんじゃないか？

俺は純粋にすげえなって思ったし、ゲールズやるじゃんって見直したけどな。

【一般的な考察者】

プレイヤーが自分たちで歴史を動かすという思いは悪くなかった。

純粋にタイミングが、運が悪かったとしか……

【一般的な考察者】

そういう意味ではアンシア姫に絶妙のタイミングで掻《か》っ攫《さら》われたなw
普通に遊んでるフリして、ずっと狙ってたんだろうな。

【一般的な考察者】

結局、アンシア姫はうまくやってんの？

いやまあ、うまくいってなかったら話題になってそうだけど。

【一般的な考察者】

かなりうまくやってるっぽい。

土地の特性もあるんだろうが、古代遺跡をゲールズとユニッツに専念させて、その上がりを美味しくいただいてる。

【一般的な考察者】

さすが……

某シミュ的にいうと『古代遺跡経済』ってやつか。


【一般的な考察者】

帝国と公国の間の通商が回復したっぽいぞ。

しかも、出入国審査も大して厳しくない。

【一般的な考察者】

なんのために内戦して、国を割ったんだこれ……

【一般的な考察者】

ちょっと小耳に挟んだ噂だが、王国の開拓地が一つ放棄されてるので、そこを公国が取れるんじゃないかって話がある。

【一般的な考察者】

ああ、あの古代遺跡の塔の手前ぐらいだっけ。

でも、放棄した＝取ってＯＫってのは短絡過ぎないか？

【一般的な考察者】

帝国は王国との不戦条約があるからダメだが、公国なら問題ない。

今月中に動きがあるんじゃないかと踏んでるが。

【一般的な考察者】

なんだその「うち帝国じゃないので」的な理屈は……

【一般的な考察者】

でも、実際の歴史でもあったことなんだよなぁ。

【一般的な考察者】

しかし、公国がそこに進出する意味あるの？

【一般的な考察者】

難民だって百パー帰ってきてるわけじゃないよな？

【一般的な考察者】

ちょっとやばい話があるんだが、帝国では難民の帰国率が低い領主が詰められてるらしいぞ。

【一般的な考察者】

え？　どういうこと？

【一般的な考察者】

内戦で逃げた人が戻らん→ちゃんと統治されてなかった？→査察してみたら真っ黒→お前クビ（物理）なって流れらしい。

【一般的な考察者】

停戦を口実にってことか。

でも、それでその土地が空白になるのもまずいんじゃ？

【一般的な考察者】
今まで真面目にやってた弱小領主に割譲するんじゃないの。
人が増えて畑増やしたいけど土地がない、みたいなところもあったはず。
【一般的な考察者】
それ、最初っからそのつもりなんだったら、内戦自体が三文芝居なんだが。
【一般的な考察者】
俺は少なくともそう思ってる。
第一皇子と第二皇子が同時にいるのを誰も見たことがないらしいぞ。
【一般的な考察者】
え、それって、一人二役って可能性……

☆☆☆参戦バーチャルアイドルについて語らう☆☆☆
【推しが尊い冒険者】
ハルネちゃんたちは復活したようで、普通にＭＭＯＲＰＧやってるねえ。
一時はどうなることかと思ったが、良かった良かった。
【推しが尊い冒険者】
建国も本人たちというよりは上からの指示だっただろうしね。
あと、聖国滅亡の日のライブ、めちゃくちゃ投げ銭あったからなｗ

【推しが尊い冒険者】

アンシア姫がうまいこと、ゲールズとユニッツ競わせてるのがえげつないよね（褒め言葉）

あの古代遺跡だけで、かなり収入あるんじゃないかな。

【推しが尊い冒険者】

そういえば、ロールちゃんを最近見ないんだけど？

【推しが尊い冒険者】

生産施設にこもってるんじゃなくて？

【推しが尊い冒険者】

いや、最近は外にも出て、いろいろやってた。

キャラレベル上げないとってのもあるし。

【推しが尊い冒険者】

ま、ファンサになってていいんじゃない。

結局、ヒーラーやってるんだっけ？

【推しが尊い冒険者】

まあ、戦闘苦手っぽいし、最後尾でヒーラーが似合ってると思うよ。

戦鉾《メイス》のスキル取ったみたいだし。

【推しが尊い冒険者】

さあやちゃんがフォローに？

【推しが尊い冒険者】
そそ、さあやちゃんはタンクやってて、結構うまい。
無人島スタートとかせずに、普通にプレイしてれば良かったのにな。
【推しが尊い冒険者】
いや、それはいいんだが、二人とも最近見ないぞ？
昨日はライブしてないっぽいし。
【推しが尊い冒険者】
え、マジで？　ちょっと専スレ見てくる。
【推しが尊い冒険者】
ゲールズ新人は毎日配信が基本だった気がするし心配だな。
【推しが尊い冒険者】
昨日は普通に休みだったみたいだな。
でも、ちょっとプレイ方針を変えるとかいう書き込みがコミュニティーに上がってる。
【推しが尊い冒険者】
方針転換？　戦闘も始めたし、生産を極める方向から変えるってことかね？
【推しが尊い冒険者】
さあ？　専スレでもどうなるんだろうって話になってるな……

エピローグ

「ワフ」

「おー、おかえり」

古代魔導炉のまわりを片付けていると、グリーンベリーを採りに行っていたルピとスウィーたちが迎えにきてくれた。

「〜〜〜？」

「それ、今は大丈夫だけど、使ってる時はすごく熱くなるから気をつけて」

スウィーやフェアリーたちが古代魔導炉や古代魔導火床を珍しそうに眺めているので、危険なものだと伝えておかないと。

「じゃ、帰ろうか」

「ワフ〜」

「〜〜〜♪」

部屋の扉、二箇所それぞれをしっかりと閉める。もうほとんど可能性はないだろうと思うけど、モンスターに荒らされるのも嫌だし。

で、返る道すがら、明日の昼のタスクを再確認……

「えーっと、やらないといけないこととか、気になってることとか、結構あるのを整理しようと思うんだけど」

『以前のメモを更新してあります』

「さんきゅ。ざっくり教えてくれる？」

『はい！』

前にも教えてもらったけど、もうミオンに任せきりになっちゃってて頭が上がらない。

無人島スタートした時は「俺一人で全然大丈夫」とか思ってたんだけどなあ。

そんなことを考えつつ、ミオンが読み上げてくれるメモに耳を傾ける。重要度が高そうなのから並べ直すとこんな感じかな？

・解錠コードが必要な扉を開ける。多分、４７２５。
・水源地を目指す。ルピがいた場所で山の上の方。
・武器と防具を新しくする。剣鉈と円盾。
・山小屋の隣に畑を作る。
・食材を探す。海産物をもう少し探したい。
・生活用具を作る。木箱、つづら、瓶などが不足してきている。
・転移魔法陣の上にミニチェストを作って置く。
・見つけた本を読む。
・一階への階段に落ちない柵を作る。
・罠を仕掛け直す。南西側にくくり罠。南東の小川にかご罠。
・塩を作る。

最後の二つは定期的にやらないとだけど、ルピと南側をぐるっと散歩する時に忘れないようにすれば大丈夫のはず。

「じゃあ、昼のうちに南側をぐるっと回って、罠の仕掛け直しと、塩作りをしておくよ」

『はい。あとでアーカイブで確認しておきますね』

ミオンは習い事のボイストレーニングが終わった後、ちゃんとそれを確認してくれている。

アーカイブって三時間以上あるはずだし、倍速再生とか早送りしつつなんだろうけど、大事なところはしっかり見てるんだよな。

以前、ゲームドールズの誰かが無人島スタートした時は、慌てて見に来てくれたことがあったし、ボイストレーニング自体はそんなに長くやるものじゃないのかな？

『どうしました？』

「あ、うん。ボイストレーニングってどれくらいの時間やってるの？」

『一時間ぐらいです。ただ、場所が少し遠いところにありますし、母も一緒なので』

教えてくれる先生が、その筋でもかなり有名な人らしいけど、もう高齢で自宅でしかレッスンしてくれないんだとか。

そんな人に教わってるとか、本当にすごいんだけど、有名芸能事務所の一人娘だもんなあ。

いや、それだけじゃ引き受けてくれなさそうだし、やっぱりミオンの才能もありそう……

「ミオンはあこがれの職業って、やっぱり芸能関係？」

『え？　えっと……』

「あ、ごめん。無理に言わなくてもいいよ？」

『あの……、もう叶ってますから』

「え？　あー！」

ベル部長みたいにバーチャルアイドルとして活動。それでお金を稼ぐっていうことなら、確かにもう叶ってるのか。

『でも、私だけだと無理だったと思います。ショウ君がいてくれたおかげですよ』

「うーん。そこはまあ、うーん……」

ミオンなら俺がいなくても、いずれ成功してそうな気がするんだよな。

まあ、今このタイミングでっていうのは、ＩＲＯっていうゲームと、無人島スタートでやらかした俺がいないとか。

でも、そうなると……

「ＩＲＯが急にサービス終了になったらどうしよう？」

『大丈夫ですよ。別の楽しいゲームを探して、また二人でやればいいんですから』

「あ、そうか。じゃあ、その時もよろしく」

『はい！』

あとがき

お久しぶりです。紀美野《きみの》ねこです。

本書をお手に取っていただき、まことにありがとうございます。

この三巻を出すことができて嬉しさでいっぱいです。さらには二巻も重版オーダーを頂いたりと、人生の運バランス調整のために、別の部分がナーフされないか心配になったりしています。


さて、三巻ではＩＲＯ最初のワールドクエストが無事（？）終了しました。

ゲームドールズ勢による建国からの即滅亡といった目立つ騒ぎがあった裏で、本来は関係ないはずのショウ君とルピもこっそり大活躍。島にかわいい住人も増えました。

すごい肩書きのフェアリーもいますが、目下の重要事項はショウ君の作る甘味っぽいです（笑）

そして、運営サイドのストーリーも初めてですね。

ワールドクエストの出来には満足のようですが、これから大変なことになりそうな予感……


ついに山小屋も完成し、いよいよ施錠された扉の向こうへと向かうショウ君たち。

その扉の向こうで待ち受けるものは果たして？　ワールドクエストが終わって一段落なはずの本土でも新たな動きが!?

ショウ君の本土を巻き込む盛大なやらかしを、引き続きお届けできればと思います。

最後になりましたが、いつも素敵なイラストを描いてくださる福《ふく》きつね先生、本作を拾い上げ＆育ててくださっている担当様、そして、Ｗｅｂ版ともども応援し続けてくれている読者の皆様に心からの感謝を。

それでは、また次巻でお会いできることを願いつつ……

紀美野ねこ

もふもふと楽《たの》しむ無人島《むじんとう》のんびり開拓《かいたく》ライフ3
～VRMMOでぼっちを満喫《まんきつ》するはずが、全《ぜん》プレイヤーに注目《ちゅうもく》されているみたいです～

著者／紀美野《きみの》ねこ
イラスト／福《ふく》きつね

2023年12月17日　初版発行

発行者／山下直久
発行／株式会社ＫＡＤＯＫＡＷＡ
〒102-8177　東京都千代田区富士見2-13-3
0570-002-301（ナビダイヤル）
印刷／図書印刷株式会社
製本／図書印刷株式会社

【初出】……
本書は、カクヨムに掲載された『もふもふと楽しむ無人島のんびり開拓ライフ～VRMMOでぼっちを満喫するはずが、全プレイヤーに注目されているみたいです～』を加筆・修正したものです。

ISBN978-4-04-915329-3　C0093　Printed in Japan

ファンレターあて先
〒102-8177
東京都千代田区富士見2-13-3
電撃の新文芸編集部

「紀美野ねこ先生」係
「福きつね先生」係

異修羅Ⅰ

新魔王戦争

全員が最強、全員が英雄、
一人だけが勇者。“本物”を決める
激闘が今、幕を開ける――。

魔王が殺された後の世界。そこには魔王さえも殺しうる修羅達が残った。一目で相手の殺し方を見出す異世界の剣豪、音すら置き去りにする神速の槍兵、伝説の武器を三本の腕で同時に扱う鳥竜の冒険者、一言で全てを実現する全能の詞術士、不可知でありながら即死を司る天使の暗殺者……。ありとあらゆる種族、能力の頂点を極めた修羅達はさらなる強敵を、“本物の勇者”という栄光を求め、新たな闘争の火種を生みだす。

著／珪素
イラスト／クレタ

電撃の新文芸

Unnamed Memory I

青き月の魔女と呪われし王

著／古宮九時
イラスト／chibi

読者を熱狂させ続ける
伝説的webノベル、
ついに待望の書籍化!

「俺の望みはお前を妻にして、子を産んでもらうことだ」

「受け付けられません！」

　永い時を生き、絶大な力で災厄を呼ぶ異端――魔女。強国ファルサスの王太子・オスカーは、幼い頃に受けた『子孫を残せない呪い』を解呪するため、世界最強と名高い魔女・ティナーシャのもとを訪れる。“魔女の塔”の試練を乗り越えて契約者となったオスカーだが、彼が望んだのはティナーシャを妻として迎えることで……。

リビルドワールドI〈上〉

誘う亡霊

電撃《新文芸》スタートアップコンテスト《大賞》受賞作！
科学文明の崩壊後、再構築《リビルド》された世界で巻き起こる
壮大で痛快なハンター稼業録！

旧文明の遺産を求め、数多の遺跡にハンターがひしめき合う世界。新米ハンターのアキラは、スラム街から成り上がるため命賭けで足を踏み入れた旧世界の遺跡で、全裸でたたずむ謎の美女《アルファ》と出会う。彼女はアキラに力を貸す代わりに、ある遺跡を極秘に攻略する依頼を持ちかけてきて——!?

二人の契約が成立したその時から、アキラとアルファの数奇なハンター稼業が幕を開ける！

著／ナフセ
イラスト／吟
世界観イラスト／わいっしゅ
メカニックデザイン／cell

電撃の新文芸

勇者刑に処す

懲罰勇者9004隊刑務記録

著／ロケット商会
イラスト／めふぃすと

世界は、最強の《極悪勇者》どもに託された。絶望を蹴散らす傑作アクションファンタジー！

　勇者刑とは、もっとも重大な刑罰である。大罪を犯し勇者刑に処された者は、勇者としての罰を与えられる。罰とは、突如として魔王軍を発生させる魔王現象の最前線で、魔物に殺されようとも蘇生され戦い続けなければならないというもの。数百年戦いを止めぬ狂戦士、史上最悪のコソ泥、自称・国王のテロリスト、成功率ゼロの暗殺者など、全員が性格破綻者で構成される懲罰勇者部隊。彼らのリーダーであり、《女神殺し》の罪で自身も勇者刑に処された元聖騎士団長のザイロ・フォルバーツは、戦の最中に今まで存在を隠されていた《剣の女神》テオリッタと出会い——。二人が契約を交わすとき、絶望に覆われた世界を変える儚くも熾烈な英雄の物語が幕を開ける。

物語の黒幕に転生して
～進化する魔剣とゲーム知識ですべてをねじ伏せる～

著／結城涼
イラスト／なかむら

**超人気Webファンタジー小説が、
ついに書籍化！
これぞ、異世界物語の完成形！**

世界的な人気を誇るゲーム『七英雄の伝説』。その続編を世界最速でクリアした大学生・蓮は、ゲームの中に赤ん坊として転生してしまう。赤ん坊の名は、レン・アシュトン。物語の途中で主人公たちを裏切り、世界を絶望の底に突き落とす、謎の強者だった。驚いた蓮は、ひっそりと辺境で暮らすことを心に決めるが、ゲームで自分が命を奪うはずの聖女に出会い懐かれ、思いもよらぬ数奇な運命へと導かれていくことになる――。

チュートリアルが始まる前に
ボスキャラ達を破滅させない為に俺ができる幾つかの事

著／高橋炬燵
イラスト／カカオ・ランタン

この世界のボスを“攻略”し、
あらゆる理不尽を「攻略」せよ！

　目が覚めると、男は大作RPG『精霊大戦ダンジョンマギア』の世界に転生していた。しかし、転生したのは能力は控えめ、性能はポンコツ、口癖はヒャッハー……チュートリアルで必ず死ぬ運命にある、クソ雑魚底辺ボスだった！　もちろん、自分はそう遠くない未来にデッドエンド。さらには、最愛の姉まで病で死ぬ運命にあることを知った男は――。

「この世界の理不尽なお約束なんて全部まとめてブッ潰してやる」

　男は、持ち前の膨大なゲーム知識を活かし、正史への反逆を決意する!　『第7回カクヨムWeb小説コンテスト』異世界ファンタジー部門大賞》受賞作!